nder bei der Krippe.

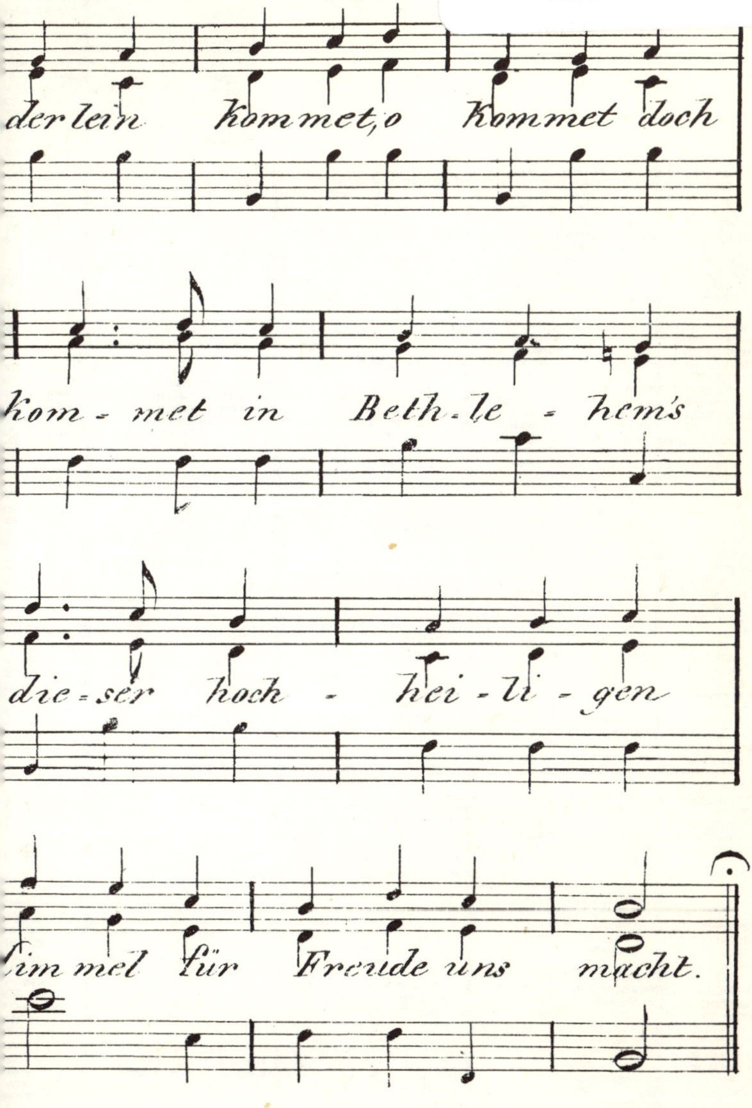

Renate Kemmether
Augsburg, 24.12.'89

Christoph von Schmid
Weihnachten

Der Friede in dem Herzen und im Hause,
Die Freiheit in dem Hause und im Herzen,
Das sind die Güter, die der Mensch bedarf.

Schefer

Weihnachten

Geschichten, Erinnerungen, Lieder

vom
Verfasser der Ostereier
Christoph von Schmid

Anton H. Konrad Verlag

Gesammelt und herausgegeben
von
Hans Pörnbacher

Anton H. Konrad Verlag 7912 Weißenhorn
ISBN 3 87437 222 7

INHALT

Dem Andenken

von
Franziska Werfer
(1906–1985),
der Urgroßnichte
Christoph von Schmids,

und von
Dr. Josef Bellot
(1920–1986),
dem langjährigen Betreuer
der Christoph-von-Schmid-Sammlung als Direktor
der Stadtbibliothek Augsburg,

dankbar gewidmet

Der
Weihnachtsabend.

Eine Erzählung
zum
Weihnachtsgeschenke
für
Kinder.

Von dem
Verfasser der Ostereier.

Neue illustrirte Originalauflage.

Mit Stahlstichen und feinen Holzschnittbildern.

Regensburg.
Druck und Verlag von Georg Joseph Manz.
1864.

Erstes Kapitel

Das Weihnachtslied

An dem heiligen Abende vor dem Weihnachtsfeste wanderte der arme Anton, ein holder Knabe von acht Jahren, noch durch die schneebedeckte Gegend hin. Der arme Kleine hatte seine blonden Locken, die von der Kälte angeduftet waren, noch mit dem leichten schwarzen Strohhute vom letzten Sommer her bedeckt, und seine beiden Wangen glühten hochrot von Frost. Er war nach Soldatenart gekleidet und hatte eine niedliche scharlachrote Husarenjacke an. In der Rechten führte er einen dicken Stecken von Schlehdorn, und auf dem Rücken trug er ein kleines Reisebündelein, in dem sich all sein Hab' und Gut befand. Er war aber fröhlich und guter Dinge und hatte an der schönen weißen Winterlandschaft umher und an den bereiften Hecken und Gesträuchen am Wege seine herzliche Freude. Indes ging die Sonne glutrot unter. Die angedufteten Halme und Zweige umher flimmerten wie mit rötlichen Fünklein bestreut, und die Gipfel des nahen Tannenwaldes strahlten im Abendgolde.

Anton dachte das nächste Dorf, das jenseits des Waldes lag, noch leicht zu erreichen und ging mutig in den dicken, finstern Wald hinein. Er hoffte in dem Dorfe gute Weihnachtsfeiertage zu bekommen; denn er hatte gehört, die Bauern dort seien sehr wohlhabende und gutherzige Leute. Allein er war noch keine Viertelstunde gegangen, so kam er vom rechten Wege ab und verirrte sich in die wildeste Gegend des rauhen, bergigen Waldes. Er mußte fast beständig durch tiefen Schnee waten, und einige Male versank er beinah in Gruben und Schluchten, die unter dem Schnee versteckt waren. Die Nacht brach ein und es erhob sich ein kalter Wind. Wolken überzogen den Himmel und verdunkelten jedes Sternlein, das durch die schwarzen Tannenäste funkelte. Es ward sehr finster und fing aufs neue an heftig zu schneien.

Der arme Knabe fand keine Spur mehr von einem Wege und wußte nicht mehr wo an und wo aus. Müde von langem Umherirren vermochte er nicht mehr weiter zu gehen. Er blieb stehen, zitterte vor Frost und fing an schmerzlich zu weinen. Er legte sein Wanderbündelein in den Schnee, kniete darneben nieder, nahm seinen Hut ab, erhob seine starren Hände zum Himmel, und betete unter heißen Tränen: »Ach Du lieber Vater im Himmel! Ach laß mich doch nicht in diesem wilden Walde, in Nacht und Frost umkommen. Sieh, ich bin ja ein armes Waislein, und habe keinen Vater und keine Mutter mehr! Ich habe niemand mehr als Dich. Aber Du bist ja der Vater aller armen Waisen. O laß mich nicht erfrieren; erbarme Dich Deines armen Kindes. Es ist ja heute die Nacht, in der Dein lieber Sohn zur Welt geboren wurde. Um Seiner Willen höre mich! Ach, laß nicht in eben der Nacht, da sich alle Welt über die Geburt des göttlichen Kindes freut, mich armen Knaben hier einsam im Walde sterben.« Er legte sein müdes Haupt auf sein kleines Bündelein und schluchzte und weinte bitterlich!

Aber horch – da erklang es mit einem Male, seitwärts von der Höhe herab, lieblich wie Harfentöne, und ein wunderschöner Gesang erhob sich und hallte von den Felsen wider. Dem Knaben war es nicht anders, als hörte er die heiligen Engel Gottes singen. Er stand auf, horchte und faltete die Hände. Der Wind hatte sich gelegt, und kein Lüftchen regte sich. Unaussprechlich lieblich erklang der Gesang in der tiefen nächtlichen Stille des Waldes. Jetzt vernahm er deutlich die Worte:

O sei getrost in jeder Not,
Denn sieh, den liebsten Sohn hat Gott
Zum Heiland dir gegeben!
Auf Ihn vertrau' und fasse Mut,
Was schlimm ist, macht Er wieder gut;
Er liebt dich wie sein Leben.

Jetzt war es wieder stille; nur klangen noch wie ein leiser Widerhall einige sanfte Harfentöne nach. Dem guten Anton wurde es wunderbar um das Herz. »Ach,« sagte er, »so muß es den Hirten zu Bethlehem gewesen sein, als sie in jener heiligen Nacht den himmlischen Gesang vernahmen. Ich will wieder frischen Mut fassen und fröhlich sein. Sicher wohnen gute Menschen in der Nähe, die sich meiner annehmen; denn ich hoffe, daß sie nicht nur so schön singen wie Engel, sondern auch so gut und freundlich gesinnt seien wie die Engel!« Er nahm sein Bündelein und ging die Anhöhe hinauf – der Gegend zu, woher er den lieblichen Gesang vernommen hatte. Kaum war er einige Schritte durch das Gebüsch gegangen, so glänzte ihm ein heller Lichtstrahl entgegen, der sogleich wieder verschwand, über eine Weile aber wieder erschien, dann wieder auf einige Augenblicke verschwand, dann wieder heller glänzte, und so wechselweise. Anton ging freudig vorwärts, und kam an ein Haus, das einsam im Walde stand. Er klopfte zwei, drei Mal an der Haustüre; er hörte wohl mehrere fröhliche Stimmen in dem Hause, aber niemand antwortete ihm. Er versuchte nun die Türe zu öffnen; sie war nur mit der Schnalle oder Klinke geschlossen. Er ging hinein, tappte lange in dem dunkeln Hausgange umher und suchte die Stubentüre. Endlich fand er sie, machte sie auf – und blieb höchst erstaunt stehen. Ein heller Glanz von mehreren Lichtern strahlte ihm entgegen. Es war ihm nicht anders, als blickte er in das Paradies, ja in den offenen Himmel.

In der Ecke der Stube, zwischen den zwei Fenstern, war eine überaus schöne Frühlingslandschaft ganz nach der Natur im Kleinen abgebildet — eine gebirgige Gegend mit hohen bemoosten Felsen, grünenden Tannenwäldern, ländlichen Hütten, weidenden Schafen nebst ihren Hirten, und einer kleinen

Stadt oben auf dem Berge. In Mitte der Landschaft war aber eine Felsenhöhle — da sah man das Kind Jesu — die heilige Mutter — den ehrwürdigen Joseph — die anbetenden Hirten, und oben schwebten die jubelnden Engel. Die ganze Landschaft flimmerte von einem wundersamen Glanze; sie war wie mit unzähligen winzig kleinen Sternlein besät, so wie etwa Laub und Moos an Bäumen und Felsen schimmern, wenn sie an einem Frühlingsmorgen von reichlichem Taue tröpfeln.
Die Einwohner des Hauses waren um die schöne Vorstellung des Kindes Jesu in der Krippe versammelt. An einer Seite saß der Vater und hatte eine Harfe zwischen den Knien stehen; an der andern Seite saß die Mutter mit dem kleinsten Kinde auf dem Schoße. Zwei liebliche Kinder, ein Knabe und ein Mädchen, standen zwischen den beiden Eltern, blickten andächtig zur Krippe des Heilandes hinauf, und erhoben die Hände gleich den frommen Hirten, die vor der Krippe knieten. Jetzt griff der Vater wieder in die Harfe und die Mutter sang mit ihrer lieblichen Engelsstimme noch einmal das Lied, von dem Anton jene Worte gehört hatte. Die zwei Kinder sangen mit ihren zarten, hellen Stimmchen freudig mit, und der Vater begleitete den Gesang mit seiner angenehmen Baßstimme und dem lieblichen Harfenspiel. Sie sangen:

Vor Dir, Du holdes Himmelskind,
Dem Gottes Engel dienstbar sind,
Fall' ich anbetend nieder —
Und freue mit Maria mich,
Und preise mit den Engeln Dich,
Und singe Jubellieder!

Du, Du bist aller Menschen Heil;
Dich lieben — ist der beste Teil,
Du Liebe ohne Gleichen!
Zwar spricht noch Deine Lippe nicht,
Doch sagt Dein mildes Angesicht
Dem Armen wie dem Reichen:

»O sei getrost in jeder Not,
Denn sieh, den liebsten Sohn hat Gott
Zum Heiland dir gegeben!
Auf Ihn vertrau' und fasse Mut,
Was schlimm ist, macht Er wieder gut;
Er liebt dich wie Sein Leben.«

»Und kommt ein armes Kind in Not
Vor deine Tür', sag' nicht: Helf Gott!
Wollst seiner dich erbarmen!
Fühlst du für Gottes Liebe Dank,
Laß liebreich es bei Speis und Trank
An deinem Herd' erwarmen.«

Anton stand noch immer unter der geöffneten Türe und hielt die Türschnalle in der einen Hand und Hut und Stecken in der andern.

Seine Augen waren beständig auf die schöne Vorstellung der Krippe gerichtet, und mit offenem Munde horchte er auf den Gesang und das Harfenspiel. Niemand bemerkte ihn. Jetzt fühlte aber die Mutter die Kälte, die durch die offene Türe in die Stube drang und blickte nach der Türe. »Lieber Gott,« rief sie, »wie kommt das Kind in der finstern Nacht durch den dicken Wald hieher? Armer, armer Knabe — du hast dich gewiß verirrt!« »Ach, ja,« sagte Anton, »ich habe mich im Walde verirrt!« Alle sahen jetzt nach der Türe. Die zwei Kinder hatten ein herzliches Mitleid mit dem verirrten Knaben, blieben aber etwas scheu stehen, weil er ihnen fremd war. Die Mutter ging mit ihrem Kinde auf dem Arm zu ihm hin und fragte ihn freundlich: »Wo bist du denn her, lieber Kleiner, wie heißt du und wer sind deine Eltern?« »O Du lieber Gott,« sagte Anton mit Tränen in den blauen Augen; »ich habe gar keine Heimat mehr. Ich heiße Anton Kroner. Mein Vater ist in dem Kriege umgekommen und meine Mutter ist den letzten Herbst vor Jammer und Elend gestorben. Ich bin hier im Lande ganz fremd und irre in der Welt umher wie ein verlornes Lämmlein.« Er fing an zu erzählen, wie er eben jetzt im Walde in so großer Not gewesen, wie er da aber ihren Gesang gehört und so den Weg zu ihrem Hause gefunden habe. Er wollte weiter reden; allein die Stimme versagte ihm; es fror ihn noch allzu sehr. In der warmen Stube fühlte er die Wirkungen der Kälte erst recht. Er zitterte vor Frost und klapperte mit den Zähnen.

»Ach du armer Anton,« sagte die Mutter; »du kannst ja vor Frost kaum mehr reden; und hungerig und müde mußt du auch sein. Leg' dein Bündelein ab und sitz nieder; ich will dir eine warme Suppe geben und was sonst noch von dem Nachtessen übrig ist.« Die zwei Kinder, Christian und Katharine, nahmen ihm nun voll Mitleid Hut und Stock und das Bündelein ab. Katharine legte das Bündelein auf die Bank; Christian legte den Hut oben

darauf und lehnte den Stecken in eine Ecke. Hierauf führten sie ihren kleinen Gast an den Tisch. Die Mutter brachte Suppe und ein großes Stück Festkuchen nebst gekochten Pflaumen. Sie setzte sich an die andere Seite des Tisches und lächelte freundlich, daß Anton es sich so gut schmecken ließ. Die Kinder aber teilten ihm reichlich von ihren Weihnachtsgeschenken mit — schöne rotwangige Äpfel, goldgelbe Birnen, und große braune Nüsse. Sogar das kleine Lieschen auf dem Schoße der Mutter schenkte ihm, auf Zureden der Mutter, das schöne purpurrote Äpfelein, das sie in dem kleinen Händchen hielt und mit den zarten Fingerlein kaum umspannen konnte.

Die warme Suppe bekam dem erstarrten Anton sehr gut, und die liebliche Stubenwärme tat ihm nunmehr sehr wohl. Er ward wieder munter und fröhlich. »Aber was ihr doch da in der Ecke eurer Stube Schönes habt!« fing er jetzt an. Er hatte schon unter dem Essen beständig nach der Krippe hinübergeblickt. »Das ist ja ein Frühling mitten im Winter!« sagte er. »So etwas Wunderschönes hab' ich in meinem Leben noch nicht gesehen. Ich muß es doch näher betrachten.« Er sprang hin und die zwei Kinder folgten ihm.

»Weißt du aber auch, was das alles vorstellt?« fragte Katharine. »Freilich weiß ich das,« sagte Anton. »Es stellt die Geburt Jesu vor.

Was das für ein schönes, liebliches Kindlein ist! Sein Angesicht ist so schön weiß und rot wie Lilien und Rosen. Und was es für glänzende Äuglein hat, und wie freundlich es lächelt!« »Das ist aber nicht das rechte Jesuskindlein!« sagte Katharine. »Jesus ist jetzt kein Kind mehr; Er ist schon lange in den Himmel aufgefahren.« »Das weiß ich wohl,« sagte Anton. »Meinst du denn, ich sei ein Heide? Es ist ja schon bald zwei tausend Jahre, daß Jesus als ein Kind in der Krippe lag. Das alles hier ist nur so gemacht, damit wir Kinder uns alles besser vorstellen können. Das da oben ist, glaube ich, die Stadt Bethlehem. Nicht so?« Katharine nickte. »Siehst du nun,« sagte Anton, »daß ich alles weiß! Ich bin nicht so dumm, als du meinst.«
Die Kinder lachten und machten nun Anton noch auf allerlei Kleinigkeiten aufmerksam, die ihnen aber höchst wichtig vorkamen. »Sieh nur, Anton,« sagte Katharine, »das schöne weiße Schaf hier mit krauser Wolle, und die zwei allerliebsten kleinen Schäflein daneben! Sieh, hier herum graset die übrige Herde, und dort steht der Hirt und bläst auf der Schalmei. In dem niedlichen roten Hüttchen mit Rädern schläft er zur Nacht.« — »Siehst du auch,« sprach Christian, »wie da aus dem Felsen ein kleines Quellchen, so fein wie ein Silberfädchen, hervorspringt und sich in den hellen See ergießt? Sieh, zwei

weiße Schwäne mit schöngebogenen Hälsen schwimmen auf dem See und spiegeln sich in dem ruhigen, silberklaren Wasser.« »Dort,« sagte Katharine, »kommt ein Hirtenmädchen den steilen Weg am Berg herab und trägt ein zugedecktes Körblein auf dem Kopf. Darin werden wohl Äpfel oder Eier sein, die sie zur Krippe trägt.« »Und sieh,« sagte Christian, dort schiebt einer auf seinem Schiebkarren einen Sack die hohe Bergschlucht hinauf. Was aber in dem Sacke ist, weiß ich nicht zu sagen.« So unterhielten sich die Kinder höchst angenehm, und kein kleines streifiges Schnecklein, das an dem Felsen klebte und kein buntes Müschelein am Ufer des Sees blieb unbemerkt.

»Nun wohl,« sagte Anton, »das ist alles sehr schön. Allein das Schönste ist doch die Abbildung des himmlischen Kindes! Das freut mich am meisten. Denn um jenes Kindes willen, das hier abgebildet ist, hat mich der himmlische Vater aus meiner großen Not errettet.«

Zweites Kapitel

Geschichte des armen Anton

Der Hausvater, in dessen Hause Anton so gut aufgenommen wurde, war ein Förster. Er saß, indessen die Kinder so miteinander plauderten, in seinem Lehnsessel am Ofen, und schien in Gedanken vertieft. Die Försterin setzte sich, mit dem kleinsten Kinde auf dem Arm, neben ihn auf einen Stuhl und sagte über eine Weile: »Warum bist du so stille und über was sinnest du nach?« »Ich sinne den letzten Reimen nach, die wir gesungen haben,« sagte der Förster. »Du hast nun freilich getan, wie sie lauten, und den armen Knaben gespeiset und erwärmt. Ich denke aber, wir könnten doch noch mehr an ihm tun. Sieh, es ist heute die heilige Nacht. Wir feiern das Andenken jener Nacht, in der das göttliche Kind geboren wurde, das zu unserm und aller Menschen Heil in die Welt gekommen. Und nun schickt Gott uns eben heute nacht ein Kind her, dem wir zum Heile werden können. — Der Erlöser kam als ein Fremdling in die Welt und hatte nicht, wo Er sein Haupt hinlege, als wollte Er die Gastfreundlichkeit der Menschen auf die Probe stellen. Die Einwohner von Bethlehem bestanden in dieser Probe schlecht und verstießen Ihn gleich anfangs zu den Tieren des Stalles; sollten wir den Knaben da auch so verstoßen? Sag mir aber deine Meinung aufrichtig, Elisabeth, was wir tun sollen!«

»›Den Knaben annehmen,« sagte die Försterin freudig und freundlich. »Was ihr einem von diesen Mindesten tut, das habt ihr mir getan,‹ sagte ja Er, der in dieser Nacht geboren ward. Und der Anton scheint mir ein recht guter, sanfter Knabe, der ein edles Gemüt hat. Er sieht so fromm und unschuldig aus und, obwohl er bettelt, so ist er doch gar nicht keck und verwegen. Gewiß ist er ehrlicher Leute Kind. Er hat so eine feine Aussprache, und obwohl seine rote Jacke etwas abgetragen ist, so ist sie doch von recht gutem Tuche. Wo ihrer fünf essen, essen auch sechs. Wir wollen den Knaben behalten.«

»Du bist doch eine gute, liebe Frau,« sagte der Förster, und drückte ihr die Hand. »Gott wird es dir vergelten, und was du an einem fremden Kinde tust, unsern eigenen zu gut kommen lassen. Doch müssen wir den Knaben zuvor erst prüfen, ob er der Wohltat wert ist.«

»Anton, komm einmal daher!« rief der Förster jetzt laut. Anton kam und stellte sich vor ihm hin, gerade und aufrecht, wie ein Soldat vor seinem Offizier steht.

»Dein Vater,« fing der Förster an, »war also ein Soldat, und starb den Tod für's Vaterland. Nun, das ist wohl traurig für dich, allein für ihn ist es schön und rühmlich. Aber erzähle uns doch mehreres von deinen Eltern. Wo waret ihr vor dem Kriege? Wie kam dein Vater um? Wie starb deine Mutter? Wie kamst du hierher in unsern Wald? Laß einmal hören!«

Anton erzählte: »Meinen Vater, Gott habe ihn selig, nannten die Husaren ihren Herrn Wachtmeister. Unser Regiment lag, so lang ich denke, zu Glatz in Schlesien in Garnison. Meine Mutter nähte immer sehr fleißig und verdiente vieles. Sie war sehr geschickt. Da kam der Vater eines Tages eilig nach Hause und sagte: »Es ist Krieg; wir müssen morgen

fort!« Er war ein tapferer Mann und wußte sich gut darein zu schicken. Meine Mutter aber hatte einen großen Schrecken und weinte bitterlich. Sie wollte ihn nicht allein ziehen lassen; der Abschied fiel ihr gar zu schwer. Auf ihr vieles Bitten nahm er uns endlich mit. Wir zogen weit — weit fort. Mit einmal hieß es: »Der Feind rückt an.« Mein Vater und die Husaren mußten ihm entgegen. Meine Mutter und ich blieben zurück. Da wurde uns nun wohl recht bange, als wir in der Ferne so fürchterlich schießen hörten. »Ach,« sagte die Mutter zu mir, »bei jedem Schuß geht mir ein Stich durch's Herz. Denn ich weiß ja nicht, ob die Kugel nicht das Herz deines Vaters durchbohrt.« Wir weinten und beteten, solange das Schießen währte. Doch der Vater kam glücklich und unversehrt wieder zurück. So ging es nun öfter. Allein eines Tages kam nach einem Gefechte ein Husar mit des Vaters leerem Pferde in das Dorf gesprengt und sagte, der Vater sei schwer verwundet; er liege eine halbe Stunde vom Dorfe auf der Walstatt und werde wohl sterben. Die Mutter und ich eilten sogleich zu ihm. Er lag unter einem Baume. Ein alter Soldat kniete bei ihm und hielt ihn sanft in den Armen, so daß der Vater den Kopf an die Brust des wackern Kriegers anlehnen konnte. Noch zwei andere Soldaten standen dabei. Mein armer Vater war durch die Brust geschossen und sah bereits so blaß aus wie ein Sterbender. Wir sahen es ihm an, daß er uns noch etwas sagen wollte; allein er konnte nicht mehr reden. Da blickte er mich mit seinen sterbenden Augen noch einmal schmerzlich an, dann blickte er auf die Mutter, und dann zum Himmel. Wenige Augenblicke nachher verschied er. Die Mutter und ich weinten uns fast die Augen aus. Die Leiche wurde auf dem nächsten Kirchhofe begraben. Einige Herren Offiziere und viele Soldaten kamen und begleiteten die Leiche. Die Trompete klang mir so seltsam und so traurig, daß mir's ist, ich höre sie noch immer. Sie erwiesen ihm noch die letzte Ehre und schossen ihm noch in das Grab. Meine Mutter und ich wurden von dieser traurigen Ehrenbezeigung so erschüttert, als würde auf uns selbst geschossen. Viele Soldaten wischten sich die Augen, als sie vom Grabe zurückkehrten. Ich und meine Mutter aber zerflossen in Tränen.

Die Mutter wollte nun wieder in ihre Heimat zurückkehren. »Ich habe dort freilich keine Verwandten mehr,« sagte sie, »aber doch noch eine gute Bekannte. Sie wird uns wohl in ihr Haus aufnehmen, und ich denke, dort von meiner Arbeit dich und mich zu ernähren.« Allein wir hatten kaum einige Tagreisen zurückgelegt, da wurde die gute Mutter unterwegs krank. Mit Mühe erreichten wir noch ein kleines Weiler. Man wollte uns nirgend aufnehmen; endlich fanden wir in einer Scheuer ein Unterkommen. »Das ist wohl hart,« sagte meine Mutter; »allein Maria hatte es ja auch nicht besser. Auch sie wurde nirgends hineingelassen und mußte in einem Stalle übernachten.« Meine Mutter wurde indes stündlich kränker. Sie ließ einen Geistlichen rufen und bereitete sich zum Tode. Als es Nacht wurde, kam die Bäuerin, der die Scheuer gehörte, mit ein wenig Suppe in einem irdenen Schüsselein und sagte zu meiner Mutter: »Ihr seid wohl recht krank; ich muß daher schon noch etwas Übriges tun.« Sie ging, brachte eine alte Stallaterne, in der ein kleines Öllicht brannte, und hängte die Laterne an einem Balken auf. Das war alles, was sie tat. Sie sagte uns nun gute Nacht und kümmerte sich weiter nicht mehr um uns. Ich blieb ganz allein bei der Mutter; ich saß so neben ihr auf einem Bund Stroh und weinte bitterlich. Gegen Mitternacht wurde sie, so viel ich bei dem trüben Scheine der Laterne sehen konnte, immer blässer. Sie seufzte mehrmal sehr tief. Ich weinte immer heftiger. Sie bot mir die Hand und sagte: »Weine nicht, lieber Anton! Bleibe fromm und gut, bete gern, hab' Gott vor Augen und tu' nichts Böses; so wird dir Gott einen andern Vater und eine andere Mutter geben.« So sprach sie. »Aber lieber Gott,« sagte Anton, und die hellen Zähren flossen ihm über die blühenden Wangen, »eine solche gute Mutter bekomme ich doch nicht mehr.« »Nun,« fuhr er fort, »sie blickte nun lange zum Himmel, betete in der Stille, segnete mich mit ihren sterbenden Händen und verschied. Ich konnte nichts als weinen. Der Bauer und die Bäuerin hatten wohl meiner Mutter versprochen, sie wollen mich annehmen und mich wie ihr eigenes Kind halten. Sie nahmen das Wenige, was meine Mutter hinterlassen hatte, ihre Kleider und einiges Geld, auch wirklich zu sich; allein ehe drei Wochen vergingen, schickten sie mich fort und sagten, ich hätte schon dreimal so viel verzehrt, als die Verlassenschaft meiner Mutter wert sei. Ich ging und nahm mir vor, nach Glatz zu meinen Schulkameraden zurückzukehren. Allein die Bauern konnten mir nicht sagen, wo der Weg nach Schlesien gehe. Da irre ich nun so im Lande hin und her und bettle; denn was soll ich sonst anfangen?«

Die Försterin war sehr gerührt und sagte mit Tränen in den Augen zu ihren Kindern: »Seht, meine Kinder, so könnte es euch auch gehen. Auch ihr könnet Vater und Mutter verlieren und was wollet ihr dann anfangen? Darum bittet Gott doch alle Tage, daß er euch eure Eltern erhalte.«

Der Förster sprach: »Du hattest, soviel ich sehe, sehr rechtschaffene Eltern, lieber

Anton. Allein hast du denn gar nichts Schriftliches aufzuweisen?« »O ja wohl!« sagte Anton und nahm eine Brieftasche aus seinem Päcklein. »Diese Papiere,« sagte er, »hat mir meine Mutter noch auf ihrem Sterbebette übergeben. Sie befahl mir, wohl darauf acht zu haben und sie nicht aus der Hand zu lassen. Euch darf ich sie aber schon sehen lassen.« Es waren der Trauschein seiner Eltern, Antons Taufschein und der Totenschein seines Vaters. Der Totenschein war von dem Feldprediger ausgestellt. Der Oberst des Regiments hatte aber noch eigenhändig ein sehr rühmliches Zeugnis von dem tapfern, edelmütigen Betragen des seligen Wachtmeisters und der tadellosen Aufführung der hinterlassenen Witwe beigefügt.

»Nun wohl,« sprach der Förster, »das ist alles gut. Jetzt sage mir aber, Anton, wie gefällt's dir bei uns?« »Sehr gut,« sagte Anton freundlich, »so gut, daß mir ist, als sei ich bei Euch zu Hause.« »Möchtest du wohl bei uns bleiben?« fragte der Förster. — »O nirgends in der Welt lieber!« sagte Anton. »Eure Frau ist gerade so freundlich, wie es meine Mutter war, und ihr seid auch recht brav und habt gerade einen solchen Schnurrbart, wie ihn mein Vater trug.«

Der Förster lachte und strich sich den Bart. »Nun Knabe,« sprach er, »so bleibe denn bei uns. Ich will dein Vater sein, und meine Frau wird als Mutter an dir handeln. Sei uns aber auch ein guter Sohn, und habe deine neuen Geschwister lieb und tu ihnen nichts zuleid. Hörst du — du bist jetzt mein Sohn Anton!« Der Knabe stand sehr betroffen da, und sah den Förster mit großen Augen an, ob das auch sein Ernst sei. Er war der harten Begegnung, die er von vielen Menschen erfahren mußte, so gewöhnt, daß er's kaum glauben konnte, der Förster wolle ihn an Kindesstatt annehmen. »Nun wie, Anton,« sagte der Förster, und bot ihm die Hand, »schlägst du nicht ein?« Jetzt brach Anton in Tränen aus, reichte dem Förster die Hand, küßte darauf die Hand der Försterin und grüßte beide Kinder, ja auch das kleinste, wiewohl es noch nicht wußte, was vorging, als seine neuen Geschwister. Christian und Katharine hatten eine große Freude, daß Anton dableiben durfte. »Jetzt ist's erst recht lustig,« sagte Christian: »jetzt sind wir, wenn wir ein Spiel machen, doch unser drei.«

Der Förster fuhr aber ernsthaft fort: »Sieh Knabe, so sorgt Gott für dich. Der Segen deiner guten Eltern ruht auf dir. Gott erhörte das Gebet deiner sterbenden Mutter und — auch dein Gebet, als du dort im Walde zitternd vor Frost im Schnee knietest. Er lenkte deine Tritte hieher! Er führte dich in unser Haus. Wenn du unsern Gesang nicht gehört hättest, so wärest du auf deinem Bündelein eingeschlafen und erfroren, und ich hätte dich tot im Walde gefunden. Gott rettete dich gerade noch im rechten Augenblick. Er führte dich gerade in dieser heiligen Nacht, da unsere Herzen von der Liebe des Vaters im Himmel, der den Eingebornen für uns dahingab, besonders gerührt waren, zu unserer abgelegenen Wohnung im Walde, die du sonst am Tage kaum gefunden hättest. Gott und seinem lieben Sohne, der auch für dich armen Knaben vor bald zweitausend Jahren in der heutigen Nacht geboren ward und auch für dich gestorben ist, hast du es zu danken, daß du jetzt wieder ein Obdach hast. Darum erkenne es und vergiß es in deinem Leben nicht, und habe immer ein dankbares Gemüt gegen Gott und deinen Erlöser. Hab' Gott dein Leben lang recht vor Augen und führe dich immer christlich auf.«

Anton versprach es mit weinenden Augen. »O Du guter Gott,« sagte er, indem er zum Himmel blickte, »Du hast die letzten Worte meiner sterbenden Mutter treulich erfüllt und mir wieder Vater und Mutter geschenkt. Ich will aber ihre letzten Worte auch erfüllen, Deine heiligen Gebote halten und besonders das vierte Gebot gegen meine neuen Eltern recht beobachten.« »Bravo, Anton,« sprach der Förster, »das tu, und es wird dir wohlgehen.« Die Försterin wies hierauf dem Knaben eine kleine Kammer mit einem reinlichen

Bette an, und alle begaben sich vergnügt zur Ruhe.
Am andern Morgen waren die Kinder sogleich wieder um die Vorstellung des Kindes Jesu in der Krippe versammelt. Sie war an dem heiligen Weihnachtsfeste und den darauf folgenden Feiertagen und Festen ihre einzige Freude. Allein diese unschuldige Weihnachtsfreude wäre bald gestört worden. Ein gewisser junger Herr von Schilf, der ein großer Jagdliebhaber war und den Förster öfter besuchte, kam einmal in die Stube. Er machte über diese Art, den Kindern die Krippe Jesu vorzustellen, allerlei spöttische Anmerkungen und konnte nicht finden, wozu dergleichen dienen sollte.
»Wozu?« sprach der Förster. »Schauen Sie da einmal zum Fenster hinaus, junger Herr! Sehen Sie, tiefer Schnee deckt die Erde; die Bäume des Waldes krachen unter seiner Last. Man sieht keine Blume; nur hier an den gefrornen Fensterscheiben schimmern Blumen von Eis. An den Obstbäumen, die mein Dach umgeben, hängen keine Äpfel und Birnen mehr, und es ist kein grünes Blatt mehr daran zu sehen; alle Äste und Zweiglein sind weiß angeduftet und ganz mit Reifen überzogen, und an dem Hausdache hängen lange Eiszapfen. Die armen Kinder hier sind in der Stube, gleich Gefangenen, eingesperrt und können kaum einen Tritt vor die Haustüre tun. Sollte es denn nun so übel sein, wenn

liebende Eltern ihren Kindern zur rauhen Winterszeit in der wärmenden Stube gleichsam einen Frühling erschaffen? Wirklich ist diese Frühlingslandschaft im kleinen mit den grünen Wäldern, blumigen Wiesen, weidenden Schafen und deren Hirten fast die einzige Winterfreude der Kinder.«

»Allein das ist noch das wenigste! Die Hauptsache ist dies: Wir Christen freuen uns zur heiligen Weihnachtszeit, daß uns in Christus die Menschenfreundlichkeit Gottes in Menschengestalt erschienen ist. Und da möchten wir denn auch unsere Kinder, soviel sie es verstehen, an dieser Freude teilnehmen lassen. Nun weiß ich zwar wohl, daß die größten Maler diese heilige Geschichte in Gemälden darstellten, die seit Jahrhunderten die Bewunderung der Welt sind. Ich selbst habe, da ich noch auf Reisen war, jenes berühmte Gemälde der Krippe Jesu zu Dresden, die Heilige Nacht genannt, mehrmal bewundert. Allein die Einwendungen, die Sie gegen meine, freilich sehr unvollkommene Darstellung der Krippe Jesu hier machen, ließen sich, den Kunstwert abgerechnet, gegen jenes herrliche Gemälde auch machen, und sie sind deshalb keiner Widerlegung wert. Solche kostbare Gemälde sind übrigens nur für große Herren und wären bei Kindern gar nicht angewendet. Denn ich wette darauf, meine Kinder würden ihre Krippe gegen jenes berühmte Ge-

Antonio Allegri, gen. Correggio (ca. 1494–1534),
Die Heilige Nacht – La Notte.
Seit 1746 in Dresden,
heute Staatliche Gemäldegalerie Dresden

mälde zu Dresden sicher nicht vertauschen.«

»Lassen Sie also, mein lieber Herr von Schilf, uns einfältige Leute hier im Walde immer bei der alten Sitte unserer Väter bleiben. Ich erinnere mich noch aus meinen eigenen Kinderjahren, daß die Krippe meine beste Kinderfreude — und nicht ohne Segen für mich war. So möge sie denn auch meinen Kindern zur Freude und zum Segen gereichen.«

Drittes Kapitel

Die edle Försterfamilie

Der Förster, der den armen Waisenknaben an Kindesstatt angenommen hatte, war ein sehr rechtschaffener, biederer Mann, und, wie er sich selbst ausdrückte, noch von altem Schrot und Korn. Er war sehr gottesfürchtig, gegen alle Menschen wohlwollend, und in dem Dienste seines Fürsten unermüdet und von unverbrüchlicher Treue. Der ehrliche Förster hielt sich streng an die frommen Sitten seiner Großeltern, die er noch gekannt hatte, und seiner Eltern, die ganz so wie die Großeltern gesinnt waren.

Am Morgen war es immer sein erstes Geschäft, mit Mutter und Kindern das Morgengebet gemeinschaftlich zu entrichten; ebenso wurde auch der Tag mit dem Abendgebete gemeinschaftlich beschlossen. »Wie sollten wir,« sagte er, »nicht jeden Tag mit dem Gedanken an Denjenigen anfangen und beschließen, der uns jeden Tag das Leben fristet und uns Speis und Trank und alles Gute gibt? Es ist wohl auch, denke ich, selbst für Engel ein rührender Anblick, wenn Vater und Mutter in Mitte ihrer Kinder vor Gott knien, und alle, auch das Kleinste nicht ausgenommen, die Hände betend und dankend zum Himmel erheben. Der Vater im Himmel kann nicht anders als segnend auf sie herabblikken.«

Ebenso andächtig und ehrerbietig betete der Förster mit allen den Seinigen vor und nach dem Tische. Eines Tages brachte er den jungen Herrn von Schilf von der Jagd mit nach Hause und lud ihn, da eben die Suppe aufgetragen wurde, zum Mittagessen ein. Der junge Herr setzte sich sogleich ohne Tischgebet an den Tisch. Allein der Förster, der sich, wie er zu sagen pflegte, nie ein Blatt vor den Mund nahm, sagte sehr ernsthaft: »Pfui, junger

Herr! So machen es meine Wildschweine draußen im Walde; die verschlucken die Eicheln, ohne aufzuschauen, woher sie kommen.« Der junge Herr wollte Einwendungen machen und meinte, das Tischgebet sei eben nicht so bedeutend. Allein der Förster sprach mit großem Nachdrucke: »Was uns zu bessern Menschen macht, ist von großer Bedeutung. Die Gottseligkeit ist zu allem nütze; von der Gottvergessenheit hingegen habe ich noch keine guten Früchte gesehen, wohl aber schon sehr viele schlimme. Beten Sie mit uns, wie es einem Christen und vernünftigen Menschen geziemt, oder Sie sind mit mir das letzte Mal auf der Jagd gewesen. Mit einem Heiden möchte ich nichts weiter zu tun haben. Ich mag nicht einmal mit ihm an einem Tische essen.« »Doch«, setzte der Förster gelassener hinzu, »ich weiß wohl, daß Sie über die Sache nie nachgedacht haben. Sie sahen etwa einige vornehme junge Herren nicht zu Tische beten und machten es ihnen ohne weitere Überlegung sogleich nach; Sie glaubten dadurch sich selbst ein vornehmes Ansehen zu geben. Allein, mein lieber junger Herr, obwohl Sie Schilf heißen, so müssen Sie deshalb doch nicht dem Schilfe gleichen, das innen leer und ohne Mark ist und sich nach jedem Lüftchen dreht.« Der junge Herr stand wieder auf und bequemte sich mitzubeten. Er tat es aber nicht aus

Andacht gegen Gott, sondern bloß aus Liebe zur Jagd.

Am fröhlichsten war der ehrliche Förster immer, wenn er sich in der Mitte seiner Familie befand. »Was soll ich die Freude auswärts suchen,« sagte er, »da ich sie zu Hause besser und wohlfeiler haben kann.« Er trank daher nach vollbrachtem Tagewerke seinen Krug Bier, und sonntags sein Glas Wein daheim, führte mit seiner Hausfrau vertrauliche Gespräche oder erzählte den Kindern fröhliche und lehrreiche Geschichten. Wenn er besonders aufgeräumt war, nahm er seine Harfe zur Hand. »Diese gilt uns,« sagte er, »bei den langen Winterabenden in unserm rauhen Walde anstatt Konzert und Oper.« Er hatte in seiner Jugend zwar das Waldhornblasen angefangen; allein da der Arzt ihm es untersagte, so verlegte er sich als ein großer Freund der Musik auf die Harfe. Die Försterin wußte mehrere schöne Lieder, und der Förster begleitete sie mit seinem Harfenspiel. Auch die Kinder hatten bald einige ihrem Alter angemessene Liedchen gelernt und sangen zusammen, gleich den Zeisigen im Walde.

Die Kinder des Försters gingen nach Aeschenthal, dem nächsten Pfarrdorfe, in die Schule. Sobald die Weihnachtsfeiertage vorüber und die Wege durch den Wald wieder gangbar waren, mußten Christian und Katharine täglich dahin gehen. Anton ging mit tausend

Freuden mit und übertraf bald alle seine Mitschüler. Sein Fleiß und seine Talente waren ausnehmend. Wenn der Förster abends von der Jagd nach Hause kam und in seinem Lehnstuhle nächst dem wärmenden Ofen saß, mußten ihm die Kinder erzählen, was sie in der Schule gelernt hatten und ihm ihre Schriften vorweisen. Anton wußte immer am meisten zu erzählen; seine Schriften waren immer die schönsten und in dem Lesen brachte er es bald zu einer großen Fertigkeit. Nach dem Abendessen mußten die Kinder abwechselnd vorlesen; allein alle im Hause hörten am liebsten dem Anton zu. »Er liest am natürlichsten,« sagte die Försterin. »Wenn man es nicht sähe, daß er ein Buch vor sich habe, so meinte man sicher, daß er die Geschichte nicht lese, sondern daß er sie einmal gehörte habe, und sie uns nur so aus dem Kopfe erzähle.«

Der fröhlichste Tag in der Woche war den Kindern immer der Sonntag. An diesem Tage ging der Förster nicht auf die Jagd, und die Kinder konnten den ganzen Tag um ihn sein. »Ich bringe,« sprach er, »die sechs Tage der Woche unausgesetzt und unverdrossen in herrschaftlichen Diensten zu; allein der Sonntag ist dem Dienste eines größern Herrn gewidmet. Auch ist mir und meinen Holzhauern nach sechs Arbeitstagen wohl ein Ruhetag zu gönnen.« Am Sonntage morgens gingen

Vater und Mutter in der lieblichen Sonntagsfrühe mit den Kindern nach Aeschenthal in die Kirche. Das war den Kindern, besonders im Frühlinge und im Sommer, eine große Freude. Der Weg führte bald über waldige Berghöhen hin, bald durch schmale Wiesentälchen, die mit buschigen Felsen und hohen Bäumen umgeben waren. »O wie schön ist's doch im Walde«, sprach dann wohl Anton; »wie herrlich grünen die Bäume im Glanze der Morgensonne! Ja am Sonntage kommt mir der Wald noch viel schöner vor als sonst. Mir ist's, als hätten alle Bäume ein freundlicheres Grün. Die Vögelein auf den belaubten Zweigen singen viel fröhlicher. Und außer ihnen schweigt alles! Man hört keine Holzaxt, kein Wagenrad und keinen Schuß; nur die Kirchenglocke ertönt in der Ferne. Es ist alles so still und ruhig wie in der Kirche.«

»So feierlich wie in einem Tempel,« sagte der Förster. »Auch der Wald ist ein Tempel des Herrn; Er, der Allmächtige, stellte diese Bäume wie Säulen umher und fügte ihre Zweige zu einem grünen Gewölbe zusammen. Alles, von der ungeheuren bemoosten Eiche dort bis zu den kleinen Maiblümchen hier zu unseren Füßen, verkündet uns Seine Allmacht und Güte. Ja die ganze Erde, so weit der blaue Himmel sich wölbt, ist ein Tempel Seiner Herrlichkeit. Besonders am Sonntage sollen wir Ihn in diesem Seinem Tempel anbeten und diese herrlichen Werke andächtig betrachten. In diesem prachtvollen Tempel, den Er selbst erbaute, können wir Seine unermeßliche, unbegreifliche Größe und Herrlichkeit wahrnehmen; in unsern Kirchen aber, wiewohl sie von Menschenhänden erbaut sind, läßt Er Seine Ratschlüsse und Seinen heiligen Willen uns näher offenbaren. Auch deshalb wurde der Sohn Gottes ein Mensch, lehrte uns Menschen und ordnete das Lehramt an. In hunderttausend Tempeln und Kirchen der ganzen Christenheit wird an dem heutigen Tage Seine Lehre verkündet und von Millionen Menschen angehört. Merkt daher auch ihr, meine Kinder, heute in unserer Kirche andächtig auf jedes Wort des Lehrers und bewahret es in eurem Herzen.« Solche und ähnliche Gespräche führte er mit den Kindern auf dem Wege zur Kirche; auf dem Heimwege aber redete er mit ihnen von der Predigt, und sie wetteiferten, ihm zu erzählen, was sie daraus sich gemerkt hatten. Bei Tische war der Förster sonntags immer besonders fröhlich. »Die Freude,« sprach er, »mit euch zu Mittag zu essen, wird mir unter der Woche selten zuteil; da verzehre ich mein Mittagsmahl meistens gleich im Walde aus der Faust, und es schmeckt mir, Gott sei Dank, immer sehr gut. Aber am Sonntage schmeckt es mir doch am besten, nicht weil die Mutter da eine bessere Mahlzeit bereitet, sondern weil ich die Speisen in eurer Mitte genießen kann.« Er legte den Kindern mit dem herzlichsten Wohlwollen selbst vor. »Esset, Kinder, esset,« sprach er, »und danket Gott für Seine Gaben.« Nach Tische ging er mit den Kindern im Walde umher, lehrte sie die mancherlei Bäume, Sträuche und Kräuter kennen und pries ihre mannigfaltige Schönheit und Brauchbarkeit. »So,« sprach er dann immer, »hat Gott alles, auch das kleinste Kräutlein, schön gebildet und zu dem Nutzen des Menschen eingerichtet. Auch der Wald ist ein Buch, in dem ihr auf allen Blättern von der Weisheit und Güte Gottes lesen könnet.«

Wenn im Frühlinge oder im Sommer der Abend schön war, so deckte die Försterin unter der großen Linde, nicht weit vom Försterhause, wo ein Tisch nebst einigen Bänken angebracht war. Nach dem Abendessen sangen sie noch einige schöne und rührende Abendlieder. Der Förster spielte dazu die Harfe, und die Vögel auf allen Bäumen des Waldes umher stimmten in den Gesang und das Harfenspiel mit ein.

Anton fühlte sich unter diesen edlen Menschen, bei denen wahre Frömmigkeit, Eintracht und Liebe, Fleiß, Ordnung und Zufriedenheit wohnten, höchst glücklich. »Gott meinte es doch recht gut mit mir,« sagte er öfter. »Er hätte mich auf der ganzen Welt zu keinen bessern Menschen führen können.« Der gute Knabe war aber auch die lautere Dankbarkeit und Dienstfertigkeit gegen seine Pflegeltern. Wenn der Förster abends aus seinem Forstbezirke heimkam, eilte Anton sogleich, ihm den alten hechtgrauen Überrock mit grünen Aufschlägen, dessen sich der Förster als eines Schlafrockes bediente, und die Pantoffeln zu bringen. Wenn die Försterin in der Küche am Herde stand und kochte, trug er ihr ungeheißen Holz zu oder lief, um ihr einige Schritte zu ersparen, in den Gemüsgarten am Hause und holte Schnittlauch, Petersilien oder was sie sonst eben von grünen Kräutern nötig hatte. Mancher ihrer Wünsche ward, bevor sie ihn aussprach, schon erfüllt.

Seinem guten Pflegevater erzeigte er aber noch ganz besonders gute Dienste. Der Förster verfertigte von allen ihm anvertrauten Waldungen Risse und gab ihnen mit Farben ein schönes, gefälliges Ansehen. In der Ecke jedes Blattes war der Name des Waldes mit großen Buchstaben geschrieben und, nachdem es ein Wald war, mit einem Kranze von Tannenzweigen oder Eichenlaube eingefaßt. Anton brachte es bald so weit, daß er die größten Risse nett und genau nachzeichnen konnte. Die Verzierungen aber, die er dabei anzubringen wußte, waren von ihm selbst erfunden und so gut ausgeführt, daß der Förster darüber erstaunte. Anton zeichnete zum Beispiele einen Eichbaum, an dem ein Schild mit dem Namen des Waldes lehnte, und seitwärts sah man ein Wildschwein, das nach Eicheln suchte. Oder der Name des Waldes stand in einen Felsen eingegraben, der mit Tannen gekrönt war, und unten am Felsen ruhte ein Hirsch mit zackigem Geweihe. Überhaupt zeichnete und malte Anton in allen seinen freien Stunden bald Landschaften, bald Tiere, und wo er nur ein Streifchen weißes Papier oder einen leeren Briefumschlag fand, zeichnete er einen Vogel, eine Blume, oder einen Baumzweig darauf. Er konnte keinen Augenblick müßig sein. Der Förster und die Försterin liebten den guten Knaben wie ihr eigenes Kind, ja ihre eigenen Kinder wurden, von Antons Beispiel aufgemuntert, noch viel dienstfertiger und tätiger, als sie es zuvor waren.

VIERTES KAPITEL

Antons fernere Geschichte

Eines Tages schickte der Förster den Anton mit einem Paar Schnepfen in das benachbarte fürstliche Jagdschloß Felseck. Der Verwalter hatte eben einen Gast und wollte ihn damit bewirten. Anton kam unterwegs an einem Wasserfalle vorbei, der zwischen schwarzgrünen Tannen, weiß wie Schnee, von einem hohen Felsen herabstürzte. Nicht weit davon saß ein fremder Herr in einem dunkelblauen Kleide, der den Wasserfall abzeichnete. Anton ging hin, schaute über die Schulter des Fremden auf das Blatt und konnte sich nicht enthalten, laut zu rufen: »O wie schön! Ja, das heißt gemalt!« Er bat um Erlaubnis, das schöne Gemälde näher besehen zu dürfen, und erhielt sie. »Mir ists,« sagte er, indem er es betrachtete, »als wäre das Blatt da ein Spiegel, in dem sich der Wasserfall, nebst Felsen und Bäumen, im kleinen abspiegelte. Wie silberhell das Wasser aus dem gespaltenen Felsen hervorschießt und wie schön sich der weiße Schaum unten zwischen den bemoosten Steinen kräuselt! Wie frisch und grün das zarte Moos an diesem Steine da ist! Man meint, man könne es wegrupfen. Wie keck diese rauhen Tannen emporstarren! Und da haben Sie überdies noch einen Hirsch hergemalt, der aus dem Bache trinkt. Wie leicht er auf den Füßen steht! Man sieht es ihm an, wie flüchtig er über Stock und Stein wegsetzen kann. Die Hirsche, die ich male, stehen so lahm da, als wollten sie alle Augenblicke umfallen. Ich weiß kein rechtes Leben in sie hineinzubringen.«

Der Maler hatte an den ungeheuchelten Lobsprüchen des Knaben und noch mehr an dessen Gefühl für Kunst ein großes Wohlgefallen. Er sagte lächelnd: »Du bist also, wie ich merke, auch ein kleiner Maler?« »Ach,« sagte Anton, »bisher meinte ich wohl gar, ich

sei kein kleiner, sondern ein großer Maler. Jetzt sehe ich aber wohl, daß ich gar keiner bin.« Der Maler sagte: »Ich wünschte deine Malereien doch zu sehen. Ich werde dich nächstens besuchen, und da mußt du mir sie zeigen. Wer sind deine Eltern und wo bist du zu Hause?« »Ach,« sprach Anton, »ich bin ein armer Waisenknabe. Der Herr Förster Grünewald hat mich aber an Kindesstatt angenommen.« »Nun,« sagte der Maler, »da bist du wohl mit ihm verwandt, ein Brudersohn oder ein Schwestersohn?« »Nein,« sagte Anton, »Ich kam ganz landfremd in sein Haus; er und seine Frau nahmen mich aber sogleich auf und hielten mich wie ihr eigenes Kind.« »Das ist viel, sehr viel!« sagte der Maler. »Doch wie kam denn dies?« Anton erzählte seine Geschichte ausführlich. Der Maler hörte ihm aufmerksam zu und sagte am Ende: »Der Förster und seine Frau müssen sehr edle Menschen sein. Grüße sie mir und sage ihnen, morgen des Tages werde ich sie besuchen, um ihnen im Namen der Menschheit für die Liebe, die sie dir erweisen, zu danken.« Der Maler hieß Riedinger und war vor ein paar Tagen auf dem fürstlichen Jagdschlosse angekommen, um da einige alte Gemälde aufzufrischen. Er benützte diese Gelegenheit, eine und die andere Waldgegend, die ihm besonders gefiel, abzuzeichnen. Sogleich am Abende des folgenden Tages besuchte er den

»Anton schaute über die Schulter des Fremden auf das Blatt und konnte sich nicht enthalten, laut zu rufen: ›O wie schön! Ja, das heißt gemalt!‹« (Stich aus der Ausgabe von 1864)

Förster. Beide biedere Männer fanden bald, daß sie eines Sinnes waren und wurden Freunde. Der Maler wollte nun Antons Zeichnungen sehen. Die Försterin lobte sie ausnehmend. »Glauben Sie mir,« sagte sie, »sie sind unvergleichlich.« Allein Anton stand errötend an der Türe und sagte: »Herr Riedinger, Sie werden sehen, daß sie ganz und gar nichts heißen.« Der Maler ermunterte ihn aber, sie zu zeigen, und Anton brachte sie. Herr Riedinger betrachtete eine nach der andern sehr bedachtsam und lächelte einige Male. Wiewohl er vieles daran auszustellen hatte, so gefielen sie ihm dennoch sehr. »Wahrhaftig,« sagte er, »es steckt ein Maler in dem Knaben. Herr Grünewald, überlassen sie ihn mir. Sie sollen Freude an ihm erleben.« »Topp!« sagte der Förster und schlug ein. »Ich habe schon lange nachgesonnen, was der Knabe werden solle. Er ist nun bereits in dem vierzehnten Jahre und in der Schule zu Aeschenthal ist für ihn weiter nichts mehr zu lernen. Zu einem Jäger ist er zu zart und zu mitleidig. Er artet mehr seiner sanften Mutter nach als seinem tapfern Vater. Wenn Sie also meinen, er gebe einen guten Maler ab, so nehmen Sie ihn immerhin in die Lehre. Wie viel verlangen Sie Lehrgeld?« »Lehrgeld!« sagte der Maler. »Davon kann keine Rede sein. Sie gaben mir zuerst ein Beispiel, wie man sich armer Waisen annehmen müsse. Eine edle Tat zieht immer andere nach sich, wie eine Kerze andere anzündet. Das ergibt sich alles ganz natürlich. Lassen Sie es also gut sein. Sobald ich mit meiner Arbeit auf dem Schlosse fertig bin, fährt Anton, wenn er anders Lust hat, mit mir in die Stadt, und ich werde keine Mühe sparen, ihn zu einem Künstler zu bilden.«

Anton hüpfte fast vor Freude. Als indessen nach einigen Tagen der Maler in einer Kutsche vor das Haus gefahren kam, ihn mitzunehmen, weinte der gute Knabe doch recht herzlich. Allein der Förster sprach: »Weine nicht, Anton. Es ist ja nur ein Sprung in die Stadt. Wir besuchen dich öfter, und auch du kannst uns an Sonn- und Feiertagen leicht besuchen. — Ja, das bedinge ich mir noch aus,« sprach er zu Herrn Riedinger, »daß Anton uns manchmal besuchen, die Weihnachtsfeiertage aber allemal ganz bei uns zubringen dürfe. Sie müssen ihm das erlauben.« »O recht gern,« sagte der Maler, »recht gern; und wenn Sie und die Frau Försterin nichts dagegen haben, so komme ich allemal mit.« Sie gaben sich darauf die Hand. Anton dankte seinen Pflegeeltern. Sie ermahnten ihn, seinen Lehrmeister, der so vieles aus lauter Güte für ihn tun wolle, als seinen Vater zu ehren. Unter den besten Segenswünschen seiner Pflegeeltern und Geschwister stieg Anton in die Kutsche und fuhr mit dem Maler fort.

Der treffliche Maler hielt in allen Stücken Wort. Es war ihm eine Herzenslust, einen so fähigen Schüler zu unterrichten. Auch kam er mit ihm zu dem Förster öfter auf Besuch; ja manchmal blieben sie mehrere Tage, um in dem gebirgigen Walde schöne Gegenden abzuzeichnen. Der Meister konnte seinen Schüler jedesmal nicht genug loben. »Unter uns gesagt,« sprach er zum Förster, »er wird ein Künstler, dem ich das Wasser nicht bieten darf.«

Nach einigen Jahren kam Herr Riedinger mit Anton, der nunmehr ein blühender Jüngling war, wieder einmal zu dem Förster in die Weihnachtsfeiertage. Herr Riedinger blieb nach dem Abendessen mit dem Förster und der Försterin etwas länger auf. Anton und die Kinder des Försters hatten sich längst zur Ruhe begeben. Der Förster und die Försterin merkten wohl, daß der Maler etwas auf dem Herzen habe und es ihnen sagen möchte. Endlich fing er an: »Was Anton bei mir lernen konnte, hat er gelernt. Er muß nun reisen; er muß Italien sehen. Allerdings wird das nicht wenig kosten; allein es lohnt sich der Mühe. Kein Kapital könnte besser angelegt werden. Ich stehe Ihnen dafür, es wird auch reichliche Zinsen tragen und seinerzeit wieder ersetzt werden. Was eine solche Reise kostet, übersteigt freilich das Vermögen eines Privatmannes. Allein ich habe mir die Sache so ausgedacht: Es versteht sich, daß Anton nicht ganz auf fremde Kosten reise. Er muß selbst etwas verdienen. Indes braucht er doch immer ansehnlichen Zuschuß; denn er muß auch für sich noch freie Zeit behalten, um in der Kunst weiter zu kommen. Was nun mich betrifft, so werde ich das Meinige redlich dazu beitragen. Ich habe mir es, von Ihrem Beispiele ermuntert, nun einmal in den Kopf gesetzt, den Anton umsonst zu einem Maler zu bilden. Seine Arbeiten, die er bisher lieferte, sind mir sehr gut bezahlt worden. Dieses Geld habe ich zurückgelegt und werde es zu seiner Reise verwenden. Allein es reicht bei weitem nicht zu. Wären Sie nun nicht geneigt, das noch Fehlende, das freilich eine nicht geringe Summe betragen kann, darauf zu legen? Ein gutes Werk, das man angefangen hat, muß man auch vollenden.« Er bot dem Förster die Hand hin, erwartend, er werde einschlagen. Der Förster hatte an Antons Wohlverhalten und seinen Fortschritten in der Kunst hohe Freude. Er besaß ein ziemliches Vermögen. Er blickte seine Hausfrau an. Sie nickte. Der Förster schlug ein und sagte: »Nun wohl, wenn die Summe mein Vermögen nicht übersteigt, so will ich sie ausbezahlen.« Es wurde ein Überschlag gemacht, was die Reise kosten könnte und einmütig beschlossen, Anton solle künftigen Frühling die Reise antreten.

Der Maler fuhr am nächsten Morgen mit

Anton im Schlitten zurück in die Stadt. Der Förster und die Försterin machten aber den Winter über Anstalten zu Antons bevorstehender Reise. Der Förster kaufte Tuch ein, um seinen Pflegesohn hinreichend mit wohlananständiger Kleidung auszustatten. Auch suchte er seinen eigenen Reisekoffer hervor und ließ ihn mit Rehfell neu überziehen. Die Försterin und ihre zwei Töchter nähten und strickten sehr emsig, den Anton reichlich mit Leinenzeug zu versehen. Zu Anfang des Frühlings mußte Anton noch einige Tage bei seinen Pflegeeltern zubringen. Sein Pflegevater gab ihm in dieser Zeit noch viele gute Ermahnungen und Klugheitslehren und war gegen ihn ganz ungemein liebreich. Der gute Mann nahm sich selbst die Mühe, den Koffer zu packen. Sooft ihm die Försterin ein neues Kleidungsstück hinreichte, wurde Anton auf's neue gerührt. »Ach wie vieles — wie gar so vieles tun Sie an mir!« sagte er. »Meine eigenen Eltern, wenn sie noch lebten, könnten nicht mehr für mich tun!« Der Koffer wurde an einen berühmten Maler, dem der Herr Riedinger den Anton empfohlen hatte, vorausgeschickt. Denn Anton wollte die ganze Reise zu Fuß machen. Christian, Antons Herzensfreund, hatte aber noch für ein kleines Felleisen gesorgt, in dem Anton das Notwendigste zum täglichen Gebrauche mitnehmen konnte.

Endlich kam der Abschiedstag. Anton wollte nach Tische zu Herrn Maler Riedinger in die Stadt gehen und von da aus dann weiter reisen. Die Försterin bereitete ein Abschiedsmahl, und alle speisten noch einmal miteinander zu Mittag. Es war ein freundliches, rührendes Familienfest. Der Förster blickte in dem kleinen Kreise umher. Es herrschte eine wehmütige Stille. »Nicht doch, meine Söhne

und Töchter,« sprach er, »seid nicht so traurig; und auch du, gute Mutter, trockne diese Träne da ab. Es ist nun einmal so! Die Söhne, zumal wenn sie bereits erwachsen sind, müssen hinaus in die Welt; und auch ihr, meine Töchter, seid bald in dem Alter, wo ihr vielleicht das väterliche Haus verlassen werdet. Doch, wenn uns auch Berg und Tal dem Leibe nach trennen, im Geiste bleiben wir immer vereinigt. Und so traurig der Abschied immer sein mag, das Wiedersehen, das uns hier oder dort nie ausbleibt, ist dann desto freudiger!« Der edle Mann wußte durch fröhliche Gespräche alle wieder zu erheitern. Er ließ eine Flasche guten Wein bringen, von dem er sonst nur an Festtagen trank. Er schenkte der Mutter und den beiden Töchtern, obwohl alle drei sich weigerten, davon ein. »Den Traurigen gib Wein!« sagte er lächelnd. Anton und Christian boten ihre Gläser her, ohne sich lange nötigen zu lassen. Am Ende der Mahlzeit nahm der Förster sein Glas und sagte: »Nun, Anton, stoß an — auf eine glückliche Wanderschaft und ein fröhliches Wiedersehen!« »Das gebe Gott,« sagte die Försterin, stieß an und trank ein klein wenig. Christian, Katharine und Luise stießen auch mit an. Allen standen die Tränen in den Augen. Anton war am gerührtesten. Er konnte die Tränen nicht mehr zurück halten und sagte: »O meine liebsten Eltern, wie vielen Dank bin ich Ihnen schuldig! Was wäre ich ohne Sie! Ach, ewig kann ich es Ihnen nicht vergelten, was Sie an mir getan haben. Gott wolle Ihr Vergelter sein! Er wolle mich einst in den Stand setzen, für das unaussprechlich viele Gute, das Sie an mir taten, Ihnen und meinen lieben Geschwistern meinen Dank durch die Tat zu bezeigen.«

»Ja, lieber Anton,« sagte der Förster, »ich kann es dir nicht verhehlen, wir tun viel an dir; und wenn ich deine Geschwister hier so ansehe — so möchte ich fast sagen, zu viel. Denn was mich und meine geliebte Hausfrau betrifft, so brauchen wir wohl wenig mehr. Unsere Haare sind bereits grau. So lange wir noch leben, haben wir wohl noch Brot. Allein, mein lieber Anton, wenn eines oder das andere deiner Geschwister einmal in Not kommen sollte, so vergiß nicht, wie wir dir aus der Not geholfen haben, und laß sie nicht in der Not stecken. Gib mir die Hand darauf, Anton! Nicht wahr, du verlässest deine Geschwister nicht?« »O lieber Vater,« rief Anton, indem er dem Förster die Hand reichte, »ich müßte ja der undankbarste Mensch von der Welt sein, wenn ich Ihrer Wohltaten je vergessen könnte. O gewiß! Ihre Liebe ist mir ewig unvergeßlich. Meine größte Glückseligkeit auf der Welt soll es sein, Ihnen, lieber Vater, meiner besten Pflegemutter oder meinen lieben Geschwistern Gutes erweisen zu können.«

»Ich glaube dir, Anton,« sagte der Förster; »doch — nun ist es Zeit, daß wir scheiden.« Er stand auf und sprach: »Knie nieder, lieber Sohn, damit ich dir noch den väterlichen Segen gebe.« Anton kniete nieder. Der Förster erhob seine Augen zum Himmel; es war etwas Ehrwürdiges und Feierliches in seinem

Angesichte und seiner Gestalt. Er segnete den Jüngling und sprach: »Gott begleite dich auf allen deinen Wegen, bewahre dich vor Sünde, und führe dich gut und unverdorben wieder in unsere Arme zurück.« Die Mutter und die Kinder standen alle mit gefalteten Händen und weinenden Augen andächtig umher und sagten mit gerührten Herzen: »Amen!« Der Förster hob den Anton auf, schloß ihn in die Arme und sagte: »Nun — zieh hin und Gott sei mit dir! Habe Ihn stets vor Augen — und vergiß nicht, daß Sein allsehendes Auge dich überall sehe. Halte dich für zu gut, Böses zu tun. Die Güter und Lüste dieser Erde sind es nicht wert, daß wir ihrethalben unser Gewissen beschweren. Gedenke, daß wir nicht für diese kurze Zeit, die wir auf Erden zu leben haben, geschaffen sind, und daß eine Ewigkeit sei. Meide nicht nur das Böse, sondern auch jede Gelegenheit, Böses zu tun. Besonders fliehe solche Menschen, die über den frommen Glauben unserer Voreltern spotten und sich über reine Sitten lustig machen. Noch einmal — lebe wohl und Gott sei mir dir.«
Die Försterin sagte mit Augen voll Tränen: »Anton! Sieh diese meine rotgeweinten Augen, diese meine nassen Wangen! Um dieser Tränen willen bleibe Gott ergeben, gut und rechtschaffen. Gedenke dieser Tränen, wenn du in Versuchung kommest, Böses zu tun. Bisher hast du uns nur Freude gemacht;

betrübe uns nie. So herzlich ich jetzt weine, so fühle ich dabei doch vielen Trost! Aber wenn wir je etwas Unrechtes von dir hören sollten, dann würden ich und wir alle die bittersten Tränen weinen. Vergiß unserer treuherzigen, väterlichen und mütterlichen Ermahnungen — und der letzten Ermahnung deiner seligen Mutter — in deinem Leben nicht, und lebe wohl!«

Die ganze Familie begleitete den tief gerührten, traurigen Jüngling noch eine weite Strecke Weges, fast bis zu Ende des Waldes. Endlich sagten sie ihm alle noch einmal Lebewohl! Anton ging — sie aber blieben stehen. Er sah noch sehr oft um und winkte ihnen mit dem Hute. Der Förster und Christian winkten ihm auch mit ihren Hüten, und die Försterin und die zwei Töchter mit ihren weißen Tüchern, bis er endlich mit seinem Wanderstab in der Hand und seinem Felleisen auf dem Rücken hinter einem waldigen Hügel verschwand.

Fünftes Kapitel

Ein Weihnachtsgeschenk

Der heilige Weihnachtsabend war, seit Antons Abreise bereits das dritte Mal, wieder angebrochen. Der Förster kam heute mit seinem Sohne Christian früher aus dem Walde nach Hause. Es war sehr kalt. Der Abendhimmel strahlte glühendrot durch die Fenster in die Stube. Die runden Scheiben fingen schon an zu gefrieren und schimmerten in dem rötlichen Abendschein wie Edelsteine. Der Förster setzte sich in seinen Lehnsessel neben dem großen Ofen. Er legte mehr Holz zu; denn der Ofen war so eingerichtet, daß man ihn auch in der Stube öffnen konnte. Die Flamme loderte bald hoch auf, verbreitete einen wallenden Schimmer durch die Stube, spiegelte sich in den Fenstern und vermehrte das Funkeln der gefrornen Fensterscheiben.

Jetzt kam die Försterin in die Stube. »Ist kein Brief von Anton da?« fragte der Förster. »Nein!« sagte sie mit betrübtem Angesichte. »Wunderlich!« sprach der Förster und schüttelte den Kopf. »Auf den Weihnachtsabend war sonst allemal richtig ein Brief von ihm da.

Er schrieb immer sehr ausführlich und seine Briefe waren mir immer die angenehmste Weihnachtsfreude. Was treibt der Junge, daß er nicht schreibt?«

Kaum hatte der Förster dieses gesagt, so trat ein Bote mit weiß angeduftetem Haare in die Stube. Er hatte einen Brief in der Hand und eine neue Kiste von Tannenholz auf dem Rücken, die zwar nur ganz flach, aber ziemlich breit und so hoch war, daß der Mann sich bücken mußte, um in die Stube zu kommen. »In dem Kistchen wird wohl ein Spiegel sein!« sagte Katharine. Der Bote überreichte dem Förster den Brief, und lud die Kiste ab. »Der Brief ist von dem Herrn Maler Riedinger,« sagte der Förster. »Wie kommt das? Nun glaube ich bald, daß dem armen Anton ein Unglück begegnete.« Er riß den Brief eilig auf und durchlief ihn am Glanze des Feuers, das

aus dem Ofen strahlte, mit begierigen Blikken. »Denkt nur,« rief er freudig, »Anton schickt uns bis aus Rom ein Gemälde zum Weihnachtsgeschenk. Er hat es, zusammengerollt, an Herrn Riedinger übermacht und ihn ersucht, es in eine reiche goldene Rahme fassen zu lassen und dafür zu sorgen, daß wir es auf den heiligen Abend sicher bekämen. Das Gemälde sei ein wahres Meisterstück, schreibt Herr Riedinger. Der Anton ist doch ein trefflicher Junge; ich möchte ihn gleich umarmen.«

»Katharine!« rief er jetzt, »bring' doch dem ehrlichen Boten, bis das Essen kommt, einstweilen ein Glas Wein. Das wird ihm guttun; denn es ist draußen wirklich grimmig kalt.« Der Bote nahm den Wein mit Dank an, verbat sich aber das Abendessen. Er habe, sagte er, zu Aeschenthal Anverwandte und wolle bei diesen den Weihnachtsabend und den heiligen Tag zubringen. »Auch gut!« sprach der Förster, hieß den Boten austrinken, beschenkte ihn reichlich und entließ ihn.

»Nun,« sprach der Förster, »setzt euch alle um mich her! Da ist in des Herrn Riedingers Brief auch noch ein Brief von Anton eingeschlossen; den will ich euch vorlesen.« Luise sagte: »Ich will nur noch zuvor ein Kerzenlicht holen.« »Wohl,« sprach der Förster, ich kann dann den Brief mit mehr Bequemlichkeit lesen. Aber eile!« Luise brachte die brennende Kerze sogleich auf einem glänzenden Leuchter von Messing. Alle saßen bereits begierig im Kreise umher. Der Förster las:

»Liebste, beste Eltern und Geschwister! Sie erhalten hier ein Weihnachtsgeschenk, ein Gemälde, das ich mit vielem Fleiße gemalt habe. Es stellt den neugebornen Heiland in der Krippe vor. Mehrere Künstler versicherten mich, das Bild sei mir sehr gut gelungen. Ich wünsche, daß es Ihnen nur halb so viel Freude machen möchte, als mir die Vorstellung des Kindes Jesu in der Krippe machte, da ich das erste Mal in Ihr Haus trat. Gewiß würden Sie dann keine geringe Freude daran haben.«

»Ach, daß ich doch mit dem Bild selbst zu Ihnen reisen und es Ihnen überreichen könnte! Es ist zwar dahier ein herrliches Land! Jetzt im Monate November, da ich dies schreibe, ist es bei Ihnen wohl schon längst Winter, und Ihr Dach und die Tannen und Eichen umher seufzen unter der Last des Schnees. Aber hier prangen die Zitronen- und Pomeranzenbäume noch mit silberhellen Blüten und goldenen Früchten. Dennoch sehne ich mich unter all diesen Herrlichkeiten nach Ihrem ländlichen Kaminfeuer zurück, an dem ich die seligsten Stunden meines Lebens zugebracht habe.«

»Ihrer Güte habe ich es zu danken, daß ich unter dem milden Himmel Italiens lebe, daß ich, wenn ich je diesen Namen verdiene, ein

Künstler bin. Jene gemütliche Vorstellung der Krippe Jesu für Kinder, so unvollkommen sie auch sein mochte, weckte mein Talent zuerst. Immer steht sie mir noch vor Augen, und was ich auch, allerdings ohne Vergleich Herrlicheres, von Kunstwerken sehe, so werde ich doch nicht so wie damals davon entzückt. Ach, die seligen Jahre der Kindheit gehen doch über alles! Da erblicken wir alles umher wie verklärt vom goldenen Glanze der Morgenröte. Schade, daß sie so schnell vorüber sind!«

»Jetzt, in diesem Augenblicke, da Sie diesen Brief lesen und meine Malerei betrachten, bin ich im Geiste unter Ihnen zugegen. Ich erinnere mich mit gerührtem Herzen, wie ich halb erstarrt unter Ihr ländliches Dach kam, wie mich die gute Mutter mit warmen Speisen erquickte, wie Sie mich zu Ihrem Kinde aufnahmen, wie Christian, Katharine und Luise ihre Weihnachtsgeschenke so freudig mit mir teilten. O liebster Vater! Ich küsse dankbar Ihre und meiner Pflegemutter ehrwürdige Hände. Ich umarme alle meine Geschwister. Ich freue mich jetzt schon im voraus, Ihnen nach einigen Jährchen nicht bloß im Geiste und aus weiter Ferne, sondern von Angesicht zu Angesicht sagen zu können, wie von ganzem Herzen ich sei — Ihr dankbarer, Sie innigstliebender Anton. Rom, den 15. November 1756.«

»Das ist ein Brief,« sagte der Förster und wischte sich die Augen; »was wir auch an den Jungen gewendet haben, es ist alles noch zu wenig. Ich setzte zwar immer keine kleinen Hoffnungen auf ihn; allein er übertrifft sie alle bei weitem. Niemals hätte ich geglaubt, eine solche Freude an ihm zu erleben.« »Doch,« sagte er jetzt lächelnd, »ich denke, das Nachtessen wartet auf uns. Nach Tische wollen wir das Gemälde besehen.« »O nein!« riefen alle einmütig »jetzt gleich!« »Das geht uns über das Essen!« fügte Luise noch bei; »ich will nur geschwind noch eine Kerze holen, damit wir das Gemälde noch besser betrachten können.«

Christian brachte Stemmeisen und Hammer, und öffnete die Kiste, und alle riefen, als das schöne Bild zum Vorschein kam: »O wie schön! Wie lieblich! Welch himmlische Gestalten! Welche unvergleichlichen Farben!«

Sechstes Kapitel

Das schöne Gemälde des Kindes Jesu in der Krippe

Der Förster stellte das Gemälde auf ein Wandtischchen und die zwei helleuchtenden Wachskerzen daneben. Aller Augen waren auf das schöne Bild gerichtet. Die Försterin faltete andächtig die Hände und sagte: »Wahrhaftig, man kann nichts Schöneres sehen! Mir wird es, als wäre ich wirklich bei der Krippe Jesu zugegen! Wie freundlich, wie holdselig das göttliche Kind uns anblickt, als wollte es bei seinem Eintritte in die Welt uns alle willkommen heißen! Wie Maria, an der Krippe kniend, so zärtlich und liebreich auf das Kind niederblickt, es mit einem Arme umfaßt, die andere Hand auf ihr tiefgerührtes Herz legt, und über dem holden Kinde aller Dürftigkeit des armen Stalles vergißt! Wie ehrwürdig Joseph dasteht und wie fromm er mit gefalteten Händen zum Himmel aufschaut! Wie den Hirten die Redlichkeit aus den Augen sieht; wie ehrerbietig und andächtig sie auf die Knie gesunken sind! Und die Engel oben, wie himmlisch schön! Wie leicht und schwebend! Und welch ein heller Glanz das Kind umgibt, alles umher

Konrad Huber, Anbetung der Hirten.
Dieses Bild schwebte Christoph von Schmid vor Augen, als er das Gemälde Antons (S. 64ff) beschrieb. Er hat es 1816/17 von dem Maler Konrad Huber (1752 Altdorf-Weingarten bis 1830 Weißenhorn) für seine Pfarrkirche in Oberstadion (O.A. Ehingen an der Donau) malen lassen und selbst bezahlt. Heute hängt das Bild in der Sakristei der Kirche von Oberstadion.

erleuchtet, und selbst den Schimmer der Engel überglänzt! Wahrhaftig, wer sich da der Geburt des Erlösers nicht freuen und mit den Engeln Gott nicht loben und preisen wollte, der müßte ein Herz von Stein haben.«

Der Förster hatte das Bild bisher mit unverwandten Augen stillschweigend betrachtet ohne ein Wort zu sagen. Endlich sprach er, wie aus einem Traume erwachend: »Ja, du hast recht! Wenn wir diese heilige Geschichte, so schön gemalt und in einen Rahmen gefaßt, vor Augen haben, so macht sie einen neuen, ganz eigenen Eindruck auf unser Herz. Ich will es einmal versuchen, ob ich es euch sagen kann, was ich alles darin finde und wie es mir um das Herz ist.« Er schob seinen Lehnsessel herbei, setzte sich in einer kleinen Entfernung von dem Bilde, in der es sich am besten ausnahm, und sprach dann:

»Wir wollen, meine lieben Kinder, unsere Augen zuerst auf das göttliche Kind in der Krippe richten! Wir wollen aber jetzt auf einige Augenblicke seiner göttlichen Abkunft noch nicht gedenken; wir wollen es zuerst nur als ein Menschenkind betrachten. Schwach und hülflos, in arme Windeln eingewickelt, liegt es auf ein wenig Heu und Stroh. Aber die liebevolle Mutter begrüßt es mit freundlichem Lächeln und voll der zärtlichsten Sorgfalt, es wohl zu verpflegen; und der treue Nährvater steht teilnehmend dabei, bereit mit seinem stärkern Arm Mutter und Kind zu schützen, mit seiner arbeitsamen Hand beide zu ernähren. Ein treuer Vater, eine liebevolle Mutter und ein Kind, das diese treue Liebe, sobald es zur Besinnung kommt, dankbar erwidert, ist der schönste Anblick auf Erden, über den sich Engel erfreuen müssen. Dieses liebliche Drei — Vater, Mutter und Kind — hat Gott so zusammen gefügt.«

»O meine Kinder, denkt daher bei diesem Kinde in der Krippe: Als ein schwaches Kind bin auch ich einst so dagelegen, wo man mich hinlegte. Ich hätte verschmachten müssen, wenn meine Eltern sich meiner nicht liebreich angenommen hätten. Allein mit Freude und Jubel wurde der kleine fremde Gast aufgenommen, und alles Nötige war schon zu seiner Ankunft bereitet. Meine Mutter hüllte mich in meine erste Bekleidung, die Windeln, die sie wohl selbst gesponnen, gebleicht und genäht hatte. All ihr Sinnen und Trachten Tag und Nacht ging nur darauf, daß mir nichts abgehen möge. Sorgsam wachte sie an meiner Wiege, wenn ich schlief; manche Nacht brachte sie schlaflos zu aus zärtlicher Liebe zu mir! Der treue Vater teilte ihre Sorge und arbeitete für beide. So denket und danket Gott, daß er euch gute Eltern schenkte! Denn Er ist es, der aus Liebe zu euch etwas von seiner unaussprechlichen Liebe in das Herz eurer Mutter pflanzte und eurem Vater von seinem treuen Vatersinne mitteilte und ihm das Vaterherz gab. Seid aber auch nicht undankbar gegen eure Eltern. Ein Sohn, eine Tochter, die es vergessen könnten, was die Mutter mit ihnen ausstand, was der Vater für sie tat, sie zu ernähren, zu kleiden, zu erziehen, wären ohne alles menschliche Gefühl.«

»Laßt uns nun, meine Kinder, nachdem wir die heilige Familie betrachtet, zu den heiligen Engeln, die dort oben schweben, hinaufblikken — und einen Blick auf die Tiere des Stalles werfen. Da wird uns die Würde und die Bestimmung des Menschen klar. — Schaut erst noch einmal der heiligen Jungfrau in das milde Angesicht voll himmlischer Unschuld und unaussprechlicher mütterlicher Zärtlich-

keit! Betrachtet die aufrechte Gestalt des ehrwürdigen Josephs, wie er so voll Geist und Andacht die Augen zum Himmel erhebt! Sehet das holde Kind an, dessen Angesicht so lieblich lächelt, dessen Augen wie Sterne leuchten! Und nun schauet auf die rauhen haarigen Tierköpfe — des Ochsen und des Esels hin. Wie dumm und vernunftlos sie darein sehen! Wie das Maul hervorsteht und uns zu erkennen gibt, daß sie nur auf Futter bedacht sind und von nichts Höherem und Besserem wissen. Sie sind nicht einmal eines freundlichen Lächelns fähig! O, wem erscheint bei dieser Vergleichung der Mensch nicht als ein höheres Wesen? Wahrhaftig, er gehört einer höheren Reihe von Geschöpfen an. Der roheste Mensch hielte sich ja für beschimpft, wenn man zu ihm sagte: Du bist um nichts besser als der Ochs, der deinen Pflug zieht, als der Esel, der deine Säcke zur Mühle trägt und dann verfault. Nein, der Mensch gleicht vielmehr den heiligen Engeln Gottes, die ihren Schöpfer erkennen, sich Seiner freuen und Ihm lobsingen. Der Mensch ist das einzige Geschöpf auf Erden, der dies auch kann. Sei es, daß er einige Ähnlichkeit mit den Tieren hat; er ist doch den Engeln des Himmels näher verwandt. Sei es, daß er weinend und wimmernd zur Welt kommt, daß er vieles ausstehen, vieles leiden muß, bis er in seiner vollen Blüte dasteht, daß er dann nach kurzer Zeit wieder gleich einer Blume dahinwelkt, gleich den Tieren dahinmodert — nur seine Erdengestalt zerfällt zu Staub. Es ist ein unsterblicher Geist in ihm; er ist ein Engel in schwaches Fleisch und Blut verhüllt. Sobald diese Hülle abfällt, ist der Engel vollendet — wenn anders der Mensch seine Bestimmung auf Erden erfüllt und dem Willen des Schöpfers gemäß gelebt hat.«

»Sehr gut hat der Maler außer den größern Tieren noch ein Lamm und ein Körblein voll Früchte angebracht, die man als ein Geschenk für das neugeborne Kind am Fuße der Krippe erblickt. Dem Menschen sind alle übrigen Geschöpfe der Erde unterworfen. Er bezähmt die stärksten Tiere, und sie müssen ihm dienen; ihm gibt das Schaf Milch und Wolle; ihm bringt die Erde ihre schönsten Früchte hervor. Nur ein Weniges hat Gott den Menschen den Engeln nachgesetzt, hat ihn mit Ehre und Hoheit gekrönt, hat ihn zum Herrn seiner Werke gemacht und alles ihm zu Füßen gelegt.«

»Auch der Ort, an dem wir dieses Kind und seine Eltern erblicken, die arme Krippe und der dürftige Stall, sind nicht ohne Bedeutung. Der Mensch bedarf keines Palastes, um hier auf Erden seine Bestimmung zu erreichen. Er kann in der elendesten Strohhütte zufrieden leben und selig sterben. Wir erblicken in dem Stalle nur Armut und Mangel. Allein um wahrhaft glücklich, aller wahren Ehre würdig und von echtem Menschenadel zu sein, braucht der Mensch weder Sammet noch Seide, weder Gold noch Silber. Gerade im Wichtigsten hat Gott keinen Unterschied unter den Menschen gemacht. Ein armer Stall beherbergt hier die heiligsten, die seligsten, die ehrwürdigsten Menschen, die je auf Erden gelebt haben.«

Doch, meine Kinder, was ich euch bisher gesagt habe, ist für uns wohl sehr erfreulich und tröstlich. Allein es gilt nur von dem Menschlichschönen dieser Geschichte. Die göttliche Abkunft und die hohe Bestimmung dieses göttlichen Kindes ist erst das Allerwichtigste. Denn Jesus Christus, der menschgewordene Sohn des Allerhöchsten, ist in diese Welt gekommen, die Menschen, die von Gott und ihrer ursprünglichen Würde abgefallen und deshalb verloren waren, zu retten. In ihm erschien uns die Menschenfreundlichkeit Gottes sichtbar; in Ihm erblicken wir Gott in Menschengestalt. Er ward zwar in tiefster Armut geboren, lag als ein Kind in einer Krippe, hatte in dieser Welt nicht so viel Eigenes, wo Er nur Sein Haupt hinlegen konnte, und starb gleich einem Übeltäter am Kreuze. Allein ohne alle irdischen Hilfsmittel, ohne Reichtümer und bewaffnete Macht, hat Er durch Seine göttliche Weisheit, Liebe und Allmacht die Gestalt der Erde verändert, das

Menschengeschlecht erleuchtet, veredelt, dem Verderben entrissen — und so Seine göttliche Abkunft bewährt. Darauf wird in diesem Gemälde, so wie in der Geschichte, sehr schön gedeutet.«

»Seht, ringsumher ist es Nacht; tiefes Dunkel deckt die nächtliche Gegend; nur das Licht, das von dem göttlichen Kinde ausgeht, erhellet alles mit seinem Glanze. So bedeckten bei der Geburt Jesu die Finsternisse der Unwissenheit und des Heidentums die Erde, in Jesus Christus ist aber der Welt ein Licht aufgegangen, das jeden Menschen erleuchtet, der in die Welt kommt. Die Menschen waren in Sünde und Laster versunken, viele glichen an Roheit — den Tieren des Stalles; manche hatten sich durch Lasterhaftigkeit sogar unter das Vieh herabgewürdigt; allein durch Christus wurden alle, die wahrhaft an Ihn glaubten, zu besseren Menschen, zu Heiligen, zu Engeln in Menschengestalt neu umgeschaffen. So unwissend und sündig die Menschen waren, so elend waren sie auch. Allein seht, wie selig sind schon die Menschen, die Seine Krippe umgeben und sich Seiner Geburt freuen! Maria, Joseph, die Hirten fühlen im Anblicke des neugebornen Erlösers sich über allen Erdenjammer erhoben. Er, der in die Welt gekommen, die Menschen von allem Elende zu erlösen, ihnen wahre Freude und den göttlichen Frieden vom Himmel zu bringen, machte schon bei seiner Geburt damit den Anfang. Die Worte des Engels erschallen noch immer an alle Menschen: »Ich verkünde euch große Freude: es ist euch ein Erlöser geboren, der da ist Christus, der Herr.«

»Zu Ihm steht jedem Menschen der Zutritt offen. Er offenbarte sich zuerst armen, einfältigen Landleuten — den Hirten, auch seine Mutter ist arm, sein Nährvater ein Handwerker, der mit harter Arbeit sein Brot erwirbt. Schon bei der Krippe Jesu wird uns gezeigt, daß Reichtum, hoher Rang und Erdenweisheit vor ihm nichts gelten. Er will nur Menschen um sich sammeln, die eines guten Willens sind, wie Maria, die heiligste Jungfrau, wie Joseph, der Gerechte, wie die Hirten, diese frommen Männer voll Gottesfurcht und Rechtschaffenheit. Doch weiset Er auch den größten Sünder nicht zurück, der seine Sünden bereut und sich ernstlich bessern will. Darauf deutet schon der Name des göttlichen Kindes. Deswegen verkündete der Engel Marien den göttlichen Befehl: »Ihm sollst du den Namen Jesus geben!« Deshalb wiederholte er diesen Befehl dem Joseph: »Jesus, das heißt Erlöser, sollst du Ihn nennen, denn Er wird sein Volk von Sünden erlösen.«

»Das sündige Menschengeschlecht sollte sein Volk, ein heiliges Volk Gottes werden. Deswegen sehen wir über der Krippe Jesu den offenen Himmel. Er wollte den Menschen den verschlossenen Himmel wieder öffnen, ein Himmelreich auf Erden gründen und so Himmel und Erde wieder vereinigen. Darüber freuen sich die heiligen Engel Gottes, jubeln und frohlocken, preisen Gott in der Höhe und wünschen den Menschen Glück zu dem Heile, das ihnen durch Christus bereitet ward.«

»Was uns bei der Krippe Jesu verkündet wird, das hat Jesus Christus erfüllt, so große Hindernisse Ihm auch der Unglaube und die Hartnäckigkeit der Menschen entgegensetzte; an so vielen Seine Geburt und Sein Tod verloren war. Er gründete ein Himmelreich auf Erden und Sein Werk bestand. Manche Welteroberer stifteten indessen Weltreiche; allein ihre Reiche überlebten sie nicht lange, oder sie sahen sie noch lebend in Trümmern zerfallen. Das Reich Jesu allein — das wahre Christentum — breitete sich immer weiter aus und bestand bis auf diese Stunde. Ganze Völker kamen zum Glauben an Ihn und Könige zierten ihre Kronen mit Seinem Kreuze. Die alten heidnischen Greuel, Menschenopfer und dergleichen, verschwanden aus den christlichen Ländern der Erde. Eine Menge von Tempeln und Kirchen erhoben sich, in denen der wahre Gott angebetet und göttliche Wahrheit gelehrt wird. Unzählige Schulen, Armenanstalten, Krankenhäuser kamen durch die christliche Liebe zustande. Wie viele Kinder, Arme und Kranke, müßten ohne diese milden Stiftungen in Unwissenheit, Lasterhaftigkeit und Elend umkommen! Millionen von Menschen haben im Glauben an Christus Beruhigung über begangene Sünden gefunden und sie sind durch Ihn edle Menschen geworden. Und noch jetzt, sosehr auch der Unglaube und das Verderben überhandnehmen, schlagen Ihm unzählige Herzen und finden in Ihm Trost in Not und Tod. Noch immer wird das Evangelium, die Freudenbotschaft von Ihm den Heiden verkündet, und wilde Völker bekehren sich zum Glauben an Ihn, freuen sich der himmlischen Wahrheit und nehmen sanftere Sitten an. Der Geburtstag Jesu ist daher der wichtigste Tag in der Weltgeschichte, und mit Recht fingen die weisen Alten von diesem Tage eine neue Zeitrechnung an. Jede Jahreszahl soll uns daran erinnern, der Geburtstag Jesu sei der Geburtstag des Lichtes und Heiles für alle Menschen, die ihm Augen und Herzen öffnen wollen — der Geburtstag des wahren Menschenglückes, der Erleuchtung und Veredlung des Menschengeschlechtes. Laßt uns denn, meine Kinder, an diesem Abende und am morgigen Tage dem Erlöser auf's neue huldigen und in den Lobgesang der Engel mit einstimmen.«

So sprach der Förster; die Försterin sagte gerührt: »Ja, Kinder, das wollen wir! Das schöne Gemälde, das Anton uns schickte, ist das schönste Weihnachtsgeschenk, das Anton oder irgendein Mensch, ja wohl ein Fürst! — uns hätte machen können. Die Andacht, mit der ihr die frommen Bemerkungen eures Vaters angehört habt, ist die schönste Weihnachtsfeier, mit der wir den heiligen Abend feiern können. Wir wollen das Heil, das uns Gott durch den neugebornen Heiland bereitete, dankbar annehmen. Dann ist der Geburtstag des Erlösers auch der Geburtstag unsers Heiles.«

Siebentes Kapitel

Widerwärtige Schicksale des Försters

Der treffliche Förster hatte mit den Seinigen seit Antons Abreise mehrere Jahre in Ruhe und Zufriedenheit verlebt. Seine Kinder waren erwachsen, der Sohn ein rüstiger junger Mann, die Töchter blühende Jungfrauen; alle sehr gut erzogen und von untadeliger Aufführung. Allmählich empfand der gute Vater aber die Beschwerden des herannahenden Alters. Er war darauf bedacht, seinen Dienst dem Sohne abzutreten. Der Fürst des Landes besuchte jährlich im Herbste auf einige Tage das fürstliche Jagdschloß Felseck, denn die Jagd war ihm bei seinen vielen Geschäften immer einige Erholung. Er war ein sehr leutseliger Herr. Jeden seiner Untertanen, auch den Geringsten, hörte er liebreich an und redete freundlich mit ihm. Als der Fürst wieder auf dem Jagdschlosse angekommen und die Jagd in dem Walde des alten Försters besonders gut ausgefallen war, näherte sich ihm der Fürst, klopfte ihm sehr zufrieden auf die Schulter und sagte: »Nun wie gehts, mein lieber Förster?«

»Eure Durchlaucht,« sprach der Förster, »diesen alten Schultern will die Last des Tages zu schwer werden; ich wünsche sie jüngern Schultern übertragen zu dürfen.« »Nun,« sprach der Fürst, »doch wohl Eurem Sohne, dem Christian dort? Er ist ein braver Jäger und, was ich ohne Vergleich mehr schätze, ein sehr guter Forstmann. Die Waldungen sind, wie ich auf der Jagd gar wohl bemerkte, im besten Zustande. Verlaßt Euch darauf, kein anderer bekommt den Dienst. Er mag ihn auch einstweilen versehen. Indes ist es mir lieb, wenn Ihr noch eine Zeit die Oberaufsicht und den Förstertitel beibehaltet. Auch die besten jungen Leute werden leicht übermütig und nachlässig, wenn ihr Rockkragen zu frühe mit goldenen Börtchen verbrämt wird. Es ist mein und Euer Vorteil, wenn Ihr noch eine Zeit Förster bleibt.«
Der Förster bezeigte dem Fürsten für die gnädige Zusicherung seinen Dank und sagte dann: »Es ist aber noch ein anderer Umstand dabei. Mein Sohn könnte sich eben jetzt gut verheiraten — mit der Tochter meines Jugendfreundes, des längst verstorbenen Försters Busch. Das Mädchen hat erst kürzlich auch ihre Mutter verloren und weiß nun nicht wohin. Sie ist arm — aber sehr fromm, fleißig und die lautere Unschuld, Güte und Bescheidenheit.« »Nun wohl«, sprach der Fürst, »ich lobe es sehr, daß ein braver Mann bei seiner

Wahl mehr auf Unschuld und Tugend als Geld und Gut sehe. Ich gebe ihm die Erlaubnis zu heiraten mit Vergnügen — und die Anwartschaft auf den Försterdienst dazu. Ich werde sogleich Befehl geben, damit das Decret ausgefertigt werde.«

Der Förstersohn, der voll banger Erwartung in einiger Entfernung stand, kam auf den Wink seines Vaters herbei und dankte dem Fürsten. Die Heirat kam zustande. Mit der jungen sanften Frau kam neuer Segen in das Haus. Friede und Eintracht wohnten unter dem Dache des guten Försters. Dem alten Manne wurde noch die Freude, seine Enkel auf seinem Schoße zu sehen, und die alte Försterin wurde wie verjüngt, nun ihre kleinen Enkel pflegen und tragen zu können. Die Töchter des Hauses lebten mit der jungen Försterin wie mit einer Schwester. Alle waren sehr glücklich.

Allein bald kam über dieses glückliche Haus eine große Widerwärtigkeit. Sie entspann sich aus einer alten Geschichte, die der alte Förster beinahe vergessen hatte. Jener junge Herr von Schilf, der ehemals mit dem Förster öfter auf die Jagd gegangen war, hatte bald darauf sich herausgenommen, allein und ohne Erlaubnis des Försters in den Wald zu gehen und alles, was ihm zu Gesicht kam, ohne Erbarmen niederzuschießen. Der Förster traf ihn im Walde und sagte: »Das Wildschießen ist sehr strenge verboten. Haben Sie, mein lieber junger Herr, Lust zur Jagd, so kommen Sie, wie bisher zu mir. Ich nehme Sie dann gern mit mir und weise Ihnen die besten Plätze an, wo Sie dann nach Herzenslust schießen können. Allein das darf ich nicht zugeben, daß Sie eigenmächtig in dem mir anvertrauten Forste schalten und walten.« Wer aber nach wie vor auf die Jagd ging, war der junge Herr. Der Förster traf ihn wieder, nahm ihm das Gewehr und sagte: »Gott weiß es, ich tu' es ungern. Allein ich muß. Die Befehle sind streng, ich kann nicht anders. Wenn ich Sie nochmals treffe, muß ich weitere Anzeige machen und dann — geht es Ihnen nicht gut.« Der brave Förster ging überdies noch zu dem alten Herrn von Schilf und bat ihn, dem jungen Herrn das Jagen zu verbieten. Der alte Herr ließ zwar sonst seinem Sohne alles hingehen. Allein dieses Mal ward er doch sehr aufgebracht; er fürchtete die fürstliche Ungnade. Er drohte seinem Sohne mit der Enterbung, wenn er

noch ein einziges Mal auf die Jagd gehen würde; es sei denn, der Förster gehe mit ihm. Allein der junge Herr war es schon gewohnt, seinem Vater nicht zu gehorchen. Bald darauf hörte der Förster einen Schuß, eilte hin und traf den jungen Herrn bei einem erlegten Hirsch. Der Förster machte die Anzeige. Der alte Herr von Schilf reisete selbst zum Fürsten und flehte um Gnade. Der junge Fürst sagte: »Nach den Gesetzen sollte der junge Herr in das Zuchthaus wandern. Ich will ihn zwar begnadigen; allein läßt er sich noch einmal treffen, so schicke ich ihn sicher dahin — und da begreifen Sie wohl, daß ich mir dann einmal keinen Rat oder andern Diener aus dem Zuchthause nehmen kann.« Die Sache wurde so beigelegt. Der junge Herr von Schilf faßte aber einen grimmigen Haß gegen den ehrlichen Förster und glühte, wiewohl indes viele Jahre verflossen waren, noch immer von Rache gegen ihn.

Jetzt starb nach einer Krankheit von wenigen Tagen der Fürst. Der Erbprinz war noch minderjährig und befand sich eben auf Reisen. Es wurde eine Vormundschaft angeordnet, und in dem Lande ging manche Veränderung vor. Der junge Herr von Schilf, der sehr reich war und angesehene Verwandte hatte, wurde Oberförster. Mit großer Pracht zog er in das fürstliche Jagdschloß Felseck ein, von dem ihm ein Teil zur Wohnung angewiesen wurde.

Er war nunmehr der Vorgesetzte des guten Försters und quälte den alten Mann unsäglich. Des Tadelns war kein Ende. Der Förster konnte ihm nichts recht machen.
Der Erbprinz hatte zwar kürzlich die Regierung angetreten. Allein der Oberförster von Schilf, der sehr abgeschliffen, gewandt und beredt war, wußte den obersten Forstmeister, der bei dem neuen Fürsten sehr viel galt, ganz für sich einzunehmen und ward nun gegen den guten Förster noch übermütiger und feindseliger als zuvor. »Ihr taugt nicht mehr zum Dienste,« sagte er einmal zu ihm; »ich werde darauf antragen, einen brauchbareren Mann für den schönen Forst zu bekommen.« Der Förster sagte: »Herzlich gern lege ich mein Amt nieder. Ich hätte es schon längst getan, wenn der hochselige Fürst es zugegeben hätte. Es ist also mein Sohn Förster.« »Das wäre!« sagte Herr von Schilf höhnisch lächelnd. »Da müßte ich auch etwas davon wissen.« Der Förster berief sich auf jenes fürstliche Dekret, dem zufolge sein Sohn geheiratet hatte. »Pah,« rief Herr von Schilf, ich kenne es wohl.« Er wußte es sehr künstlich auszulegen. »Es ist,« sagte er, bloß ein Versprechen auf Wohlverhalten, nichts weiter. Der Junge taugt aber nichts. Ich werde meinen Mann besser zu wählen wissen.«
Der alte, graue Förster bemühte sich vergebens, eine Träne zu verhehlen und sagte:

»Seien Sie nicht ungerecht, Herr Oberförster! Sie glaubten sich einmal von mir beleidigt. Deshalb sollten Sie sich zweifach in acht nehmen, mir wehe zu tun.« »Was,« rief Herr von Schilf und seine Augen funkelten von Zorn, »Ihr selbst erinnert mich an Euere Grobheiten! Ihr selbst mahnt mich daran, daß Ihr mir mein einziges Jugendvergnügen geraubt und mich bei Hofe angeschwärzt habt. Ihr seid ein ungeschliffener, übermütiger Kerl. Von jeher hattet Ihr keine Achtung für höhere Stände und hieltet Euch nur an Bettelgesindel. Eurem Sohne habt Ihr gestattet, ein Mädchen ohne Heller und Pfennig, eine wahre Bettlerin, zum Weibe zu nehmen. Euer hübsches Vermögen habt Ihr an den Bettelbuben, den Anton, weggeworfen. Ihr wußtet Euer eigenes Vermögen nicht zu verwalten, wie solltet Ihr fremdes Eigentum

und das Interesse des Fürsten gut besorgen? Geht, geht, mit Euch ist nichts anzufangen. Ich hoffe, wir werden bald wenig mehr miteinander zu tun haben, und Ihr sollet mir bald gar nicht mehr unter die Augen kommen.«

Der Förster ging. »Hum,« dachte er auf dem Heimwege, »der Oberförster mag sagen, was er will. Meine Waldungen sind in der besten Ordnung. Er kann, so abgeneigt er mir auch ist, mir nichts anhaben. Ich lasse es darauf ankommen.« Er sagte indessen zu Hause den Seinigen von allem, was der Oberförster gesagt hatte, nichts, um sie nicht ohne Not zu betrüben.

Allein bald darauf, da der alte Mann eben aus dem Walde zurückgekommen war und in seinem Lehnsessel ausruhte, trat ein Bote in die Stube und überreichte ihm ein Schreiben vom Oberforstamte. In dem Schreiben stand: »Der bisherige Förster Grünewald sei vermög' höchsten Befehls wegen Altersschwäche und davon herrührender Unfähigkeit seines Dienstes entlassen und der Forst bis zur Wiederbesetzung einstweilen dem benachbarten Förster zu Waldenbruch zur Verwaltung übergeben worden.« Von einem Ruhegehalt für den verdienten alten Mann, von einer andern Anstellung seines Sohnes war keine Rede. Nur wurde noch bemerkt, der abgekommene Förster solle sich von dem Augenblicke an, da er dieses Schreiben erhalte, nicht mehr unterstehen, im Walde einen Schuß zu tun oder sich auch nur mit einem Gewehre blikken zu lassen, bei Strafe, daß es ihm abgenommen werde.

Der alte Förster öffnete das Schreiben und ward sehr bestürzt; seine Hand zitterte, in der er es hielt. Indessen faßte er sich wieder und las den Seinigen, die in der Stube mit allerlei Arbeiten beschäftigt waren, das Schreiben laut vor. Die alte Försterin und ihre zwei Töchter wurden bleich vor Schrecken. Der junge Förster glühte vor Zorn über die Bosheit des Oberförsters. Die junge Försterin stand eine Weile sprachlos da und fing dann an, laut zu weinen. Ihre Kinder, die in der Stube spielten und die Mutter weinen sahen, weinten auch. Es entstand ein allgemeiner Jammer. Nur der alte ehrwürdige Förster stand ruhig in ihrer Mitte und sprach: »Vergeßt nicht, daß der alte Gott noch lebt. Du, Großmutter, höre zuerst auf zu weinen und gib unsern Kindern und Enkeln ein Beispiel von Vertrauen auf Gott. Gegen seinen Willen können böse Menschen uns nicht schaden. Diese Prüfung kommt von Ihm; sie wird uns einmal zu unserm Besten gereichen. Also Mut gefaßt! Gott ist unser mächtiger Beschützer. Er verstoßt uns nicht, wenn uns auch alle Welt verstoßen sollte. Er, der gute, reiche Vater wird es uns, seinen Kindern, nie an Brot fehlen

lassen. Auf Ihn wollen wir vertrauen und unverzagt und getrost sein.«
»Indes«, fuhr er fort, »will ich nichts von dem unterlassen, was ich tun kann. Ich reise morgen des Tages zum Fürsten. Er ist so edelmütig als sein hochseliger Vater. Er wird mich hören, so überhäuft er auch jetzt, bald nach dem Antritte seiner Regierung, mit Geschäften sein mag. Er ist gerecht. Er wird nicht zugeben, daß man einen alten Diener, der dem Fürstenhause über vierzig Jahre treu und redlich diente, so ohne weiteres mit Weib, Kindern und Enkeln dem Mangel und dem Hungertode preisgebe. Du, Christian, mußt mich begleiten. Wir können ja jetzt beide abwesend sein, ohne den Oberförster um Urlaub zu bitten. Wir machen die Reise zu Fuß; das Reiten oder Fahren wäre für unsere jetzigen Umstände zu kostbar; ist auch gar nicht notwendig. Die nötigen Kleidungsstücke für die Reise finden in unsern Jagdtaschen wohl Platz. Macht nur Anstalt, daß morgen frühe alles bereit sei.«
Der alte Förster war am folgenden Morgen schon vor Anbruch des Tages aufgestanden und weckte seinen Sohn. »Es wird mir zu lange, auf den Tag zu warten,« sagte er; »es ist ja Mondschein und wir kennen alle Wege. Laß uns gehen!« Die alte Försterin legte die grüne, goldbordierte Uniform hübsch zusammen und schlug ein reines Leinentuch darüber, um

sie bequemer in die Jagdtasche zu packen. Katharina brachte Weißzeug [Wäsche] und einige Lebensmittel für die Reise. Die junge Försterin und Luise machten das Frühstück zurecht und kamen damit in die Stube. Die Kleinen schliefen noch. »Und bis wann gedenkst du denn wieder zurückzukommen?« fragte die alte Försterin ihren Mann. »Das weiß ich selbst noch nicht genau,« sprach er, »vor acht Tagen schwerlich.« Morgen über vierzehn Tage ist der heilige Weihnachtsabend,« sagte die alte Försterin, »bis dahin kommst du doch gewiß?« »Wills Gott, morgen über acht Tage,« sagte der Förster. »Übrigens gehe es, wie es will, den heiligen Weihnachtsabend muß ich mit Euch feiern.« »Gott gebe, in Freuden!« sagte die Försterin. »Betet indessen,« sagte der Förster noch, »und vertraut auf Gott. Er wird machen, daß die Sachen gehen, wie es heilsam ist.« Alle begleiteten die zwei Männer unter die Haustüre. Es war noch völlig Nacht, und man sah noch nicht das Geringste von der Morgenhelle. Sie gingen indessen in der kalten schauerlichen Dezembernacht getrost weiter.

Alle im Hause waren nun um die lieben Reisenden, besonders um den alten Vater, sehr besorgt. Die ersten acht Tage wußten Sie sich zwar immer zu trösten. Als aber weiterhin ein Tag nach dem andern verging und die Witterung höchst unfreundlich und stürmisch wurde, und es fast unaufhörlich regnete, wurden sie sehr unruhig. »Ach,« sprachen sie, »der Christian, so rüstig er ist, wird genug auszustehen haben; wie aber wird der alte Vater durchkommen?« Die zwei Kinder des jungen Försters liefen alle Augenblicke vor die Haustüre, um zu sehen, ob der Vater und der Großvater denn noch nicht kämen.

So verflossen zu den ersten acht Tagen noch acht Tage in Kummer und Sorgen. Überdies hatte bald nach der Abreise der beiden Förster ein Jägerbursch des Oberförsters ein amtliches Schreiben gebracht. Die Försterin getraute sich zwar nicht, es zu öffnen; allein sie fürchtete, daß es nichts Gutes enthalte. Denn der Jägerbursch hatte noch mündlich mit höhnischer Miene gesagt: »Es ist toll, daß der alte Mann mit seinem jungen Brausekopf in die Residenz lauft. Der Herr Oberförster ist seiner Sache gewiß. Sie richten sicherlich nichts aus und kehren mit Schand und Spott zurück.« Alle im Hause beteten indes täglich, Gott wolle die beiden Reisenden bei dem Fürsten ein gnädiges Gehör finden lassen und sie glücklich wieder nach Hause führen! Auch die Kinder beteten ungeheißen mit.

Achtes Kapitel

Wie es dem Förster weiter ergangen

Unter diesen traurigen Umständen brach der heilige Weihnachtsabend an. Es wurde heute früher Nacht als sonst. Denn der ganze Himmel war mit schweren Wolken bedeckt. Der Sturmwind brauste durch die alten Eichen und die schwankenden Tannen des Waldes. Es schneiete und regnete sehr heftig, und die Dachrinne rauschte gleich einem Regenbach, der von einem Felsen stürzt. »Ach, Du mein Gott,« sagte die alte Försterin, nachdem sie lange zum Fenster hinausgesehen hatte, »sie kommen noch nicht. Wenn sie heute, am heiligen Christabende, ausbleiben, so ist ihnen sicherlich ein Unglück begegnet. Mir ist ganz unaussprechlich bange. Es ist ja ein Wetter, man sollte keinen Hund vor die Türe jagen, und die Wege sind zum Versinken schlecht. Ach, wenn sie nur wieder da wären, gehe dann alles Übrige, wie es wolle!«

Sie öffnete wieder das Fenster, sah hinaus und rief: »O Gottlob, nun kommen sie!« Alle eilten ihnen vor die Haustüre entgegen; alle fragten: »Nun, wie ist es in der Stadt gegangen?« »Ich hoffe, es soll noch alles gut gehen!« sagte der alte Förster. »Ihr werdet aber unsertwegen Kummer gehabt haben. Wir blieben lange aus. Allein ich wurde auf der Reise unwohl und konnte nicht mehr weiter; und da es wieder besser ging, waren von dem vielen Regen die Flüsse und Bäche so angeschwollen, daß wir noch einige Tage aufgehalten wurden. Nun Gottlob, daß wir wieder da sind!« Er trat in das Haus, kleidete sich um und setzte sich in seinen Lehnsessel an den wärmenden Ofen. Die alte Försterin brachte eine Flasche Wein, zwei Gläser und die brennende Öllampe. »Erquickt euch doch beide ein wenig,« sagte sie, indem sie einschenkte; »ihr werdet es beide sehr nötig haben. Das Essen wird bald fertig sein.« »Wohl!« sprach der Förster, beim Scheine des hellen Öllichtes umherschauend; »es ist doch gut, wieder zu Hause zu sein, unter den lieben Seinigen, wo man lauter freundliche und fröhliche Gesichter um sich erblickt.

Der junge Förster hatte aber indes seiner Frau im Vertrauen gesagt: »O, es steht gar nicht gut; wir kommen wahrscheinlich um den Dienst.« Diese erschrack sehr und sagte es heimlich den übrigen. Der alte Förster sah, wie sich auf einmal alle Gesichter verfinsterten und von Schrecken und Angst zeugten. »Hat Christian schon geplaudert?« sagte er, »je nun, es ist da nichts zu verhehlen. Ihr sollet alles hören; doch werdet mir nicht zu traurig. Es ist uns ja heute nacht ein Erlöser geboren; über dieser großen Freude müssen wir unsere kleinen Erdensorgen vergessen; wenigstens sie uns nicht zu sehr zu Herzen nehmen.« —

»Als wir,« sprach er hierauf, »abends spät in der Residenz ankamen, ging ich noch zu dem alten Forstrat Müller. Er ist ein sehr biederer Mann, dachte ich, er war vor alten Zeiten mein Oberförster und immer mein Freund. Die übrigen Räte, die mich kannten, sind alle tot oder in Ruhe versetzt. Wiewohl auch er sich Alters halber von Geschäften zurückgezogen hat, so kann er mir doch den besten Rat geben.« So dacht' ich. Der edle Mann nahm mich auch in der Tat mit großer Herzlichkeit auf. Ich sagte ihm mein Anliegen. Er sprach: »Sie haben an dem Oberförster einen sehr schlimmen Feind, der dahier mächtige Freunde hat. Er will Ihren Dienst einem jungen Menschen, der sein Bedienter war, zuschanzen, und sendet immer die nachteiligsten Berichte über Sie und Ihren Sohn ein. Ich fürchte sehr, er dringe durch und bringe den guten Christian um das väterliche Brot.« »Ach,« sagte ich, »es wird ja nicht so weit kommen! Indes bin ich willens, selbst zum Fürsten zu gehen.« »Tun Sie das,« sagte der Forstrat. »Ich gehe mit. Indes kommen sie eben jetzt zu der ungelegensten Zeit. Der Herr

»Als wir abends spät in der Residenz ankamen, ging ich noch zu dem alten Forstrat Müller.« (Stich aus der Ausgabe von 1864)

hat zu viele Geschäfte. Sie werden kaum vorkommen. Auch zu dem obersten Forstmeister und den Forsträten müssen Sie gehen. Allein ich fürchte, da finden Sie keine Aufnahme. Herr von Schilf hat sie alle ganz verblendet.« »Ich fand auch, daß der Forstrat vollkommen recht hatte. Ich machte manchen sauern Gang. Der oberste Forstmeister nahm mich sehr kalt auf und fertigte mich kurz ab. Die andern Räte behandelten mich nicht viel besser; ich sah nur finstere Gesichter und mußte manche harte Rede anhören. Bei dem Fürsten aber wurde ich, da der oberste Forstmeister eben um ihn war, gar nicht vorgelassen. Der Oberförster wußte mich und den Christian sehr schlau zu verleumden. Ich mag euch dies jetzt nicht ausführlich erzählen; es betrifft ohnehin Geschäfte, die ihr nicht versteht. Alles, was wir hoffen können, ist eine Untersuchung; allein es ist zu fürchten, daß sie in solche Hände kommen werde, von denen wir wenig Gutes zu erwarten haben. — Doch diese Gespräche machen uns zu traurig, und heute abend sollten alle Menschen in der ganzen Christenheit fröhlich sein. Es ist ja der heilige Weihnachtsabend; wir wollen der Geburt unseres Erlösers gedenken. Das wird unsern trüben Sinn erheitern.«
Er richtete seine Blicke auf das Gemälde von der Geburt Jesu, das Anton einst geschickt

hatte. Es hing in der Stube an jener Stelle, wo vorhin der Spiegel gehangen, und war, damit es nicht Schaden nehme, mit einem feinen weißen Flor verhüllt. Die kleinen Enkel des alten Försters, zwei liebliche Kinder, Franz und Klara, hatten sich schon seit mehreren Wochen auf die Feier des heiligen Weihnachtsabend gefreut. Sie sprangen auf und trockneten sich schnell die Tränen von ihren erheiterten Gesichtchen. »Großmutter,« sagte der kleine Franz, »nimm den Flor weg von dem Bilde und zünde, wie im vorigen Jahr', die Kerzen an, damit man es auch recht sehe.« »Und du, Großvater,« sagte die kleine Klara, »hole deine Harfe; wir wollen unser Weihnachtsliedchen singen, das uns die Mutter gelehrt hat.«

»Nun wohl,« sprach der Förster, »wir wollen

ein Weihnachtslied singen. Doch, sagt zuvor noch, hat sich, während wir fort waren, nichts Besonders ereignet?« »Nichts,« sagte die alte Försterin; »nur ist leider, bald nach eurer Abreise, wieder ein Schreiben von dem Oberforstamte angekommen. Was es wohl sein mag!« Sie reichte ihm das Schreiben verschlossen hin. Er öffnete es — erblaßte — und sagte mit einem Blick zum Himmel: »Nun, Herr, dein Wille geschehe!« Alle schauten erschrocken und erwartungsvoll auf ihn. »Was ist es denn?« fragte die Großmutter. »Wir sollen aus diesem Hause fort,« sagte er, »ja wir sollten schon fort sein. Der Oberförster befiehlt in diesem Schreiben, das Försterhaus müsse längstens bis zum Weihnachtsabende geräumt und gereinigt sein, damit der neue Förster auf die Weihnachtsfeiertage einziehen könne. Er droht, wenn wir ihm nicht gehorchen würden, uns durch die Amtsdiener abführen zu lassen. Mich wundert, daß sie noch nicht da sind; wir sind keinen Augenblick sicher, daß sie uns aus dem Hause werfen.«
»Ach Gott!« rief die junge Försterin, »jetzt in dieser fürchterlich stürmischen Nacht! Hört ihr, wie draußen der Sturmwind braust? Wie es regnet? Wo werden wir gegen Sturm und Regen ein Obdach finden!« Sie sank auf einen Sessel und umfaßte ihre zwei Kinder. »Guter Gott,« seufzte sie, »ach erbarme Du Dich

dieser unschuldigen Kinder!« Der junge Förster stand mit gefalteten Händen sprachlos vor ihr und blickte sie und seine Kinder mit Augen voll Tränen an.
»O Du mein Gott,« sagte die Großmutter schluchzend und die Hände ringend, »in unsern alten Tagen mit Kindern und Enkeln aus dem Hause vertrieben zu werden, in dem ich geboren bin, in dem mein Vater und mein Großvater lebten — ach, es ist schrecklich! Guter Gott, laß mich in diesem Hause, in dem ich geboren ward, vollends absterben.«
Katharine weinte stille Tränen, Luise stand zitternd und bebend da, wie ein Lamm, das man schlachten will. Der alte Förster aber mit seinem ehrwürdigen Angesichte, der hohen kahlen Stirne und den grauen Seitenlocken, blicke lange schweigend zum Himmel und sprach dann ruhig und gefaßt: »Ja, meine liebsten Kinder, es ist an dem, daß wir dieses Haus verlassen müssen. Ich weiß keinen Menschen, der uns alle zugleich in sein Haus aufnehmen könnte. Wir werden jetzt wohl von einander getrennt werden. Ich hoffte zwar, in eurer Mitte ein ruhiges Alter zu genießen — hoffte, ihr würdet, so wie ihr jetzt um mich versammelt seid, in diesem Hause einst alle an meinem Sterbebette stehen. Gott beschloß es anders — wir wollen uns in seinen heiligen Willen ergeben.«
Er blickte auf seine Enkel und sprach weiter:

»Unser Herz regt sich, wenn wir diese weinenden Kinder betrachten. Gott hat noch ein liebevolleres Vaterherz gegen uns. Schickt Er ein so schweres Leiden über uns, so hat Er gewiß die weisesten Absichten dabei. Auch diesen Jammer wird Er zu unserm Besten lenken. Wenn es einmal auf das Äußerste gekommen, muß es wieder besser gehen. Die Alten sagten ja aus wohlbewährter Erfahrung: Ist die Not am höchsten, so ist Gottes Hülfe am nächsten. — Wir haben in dieser Stube viele Weihnachtsabende in Freuden zugebracht, laßt uns auch den einen traurigen von Gottes Hand willig annehmen.«

»Du hast recht, liebster Mann!« sagte die alte Försterin; »wir wollen alles Gott überlassen und in unserem großen Jammer getrost sein. Ach, ich dachte oft daran, wie es Marien sein mußte, als sie nicht nur in dem Stalle übernachten mußte, sondern bald darauf ihre Wohnung bei dunkler Nacht — wie jetzt wir gar verlassen und mit ihrem göttlichen Kinde fortziehen sollte in ein anderes Land. O so groß ihr Glauben, ihr Vertrauen war, ich denke doch, daß ihr, wo nicht um ihrer selbst, doch um ihres Kindes willen, Tränen in die Augen traten! Ich weiß, was es um ein Mutterherz ist! Ihre Leiden waren gewiß herzzerschneidend. Jeder Mensch auf Erden aber muß in ähnliche Lagen kommen. Gott läßt keines seiner Kinder ungeprüft. Jene alten

Geschichten werden auf eine gewisse Art an uns erneuert. Allein Derjenige, Der Marien in dem armen Stalle und auf ihrer traurigen Flucht tröstende Freunde und leitende Engel zuschickte, wird auch uns nicht ohne Trost lassen. Er wird zu rechter Zeit Hülfe schikken.«

Nun wurde mit einem Male an der Haustüre geklopft. »Jetzt kommen sie,« sagte der alte Förster, »und werden uns aus dieser Stube vertreiben.« Der Förstersohn fuhr auf, blickte nach seinem Gewehre, und rief: »Das sollen sie sich nicht unterstehen, meine grauen Eltern, mein liebes Weib, meine Kinder, meine Schwestern aus dem Hause zu werfen. Den Ersten, der an sie Hand anlegt, den — —«

»O nein, nein, mein Sohn,« sprach der alte Vater, »sprich diese schrecklichen Worte, die du auf der Zunge hast, nicht vollends aus. Keine Widersetzlichkeit; nichts von unrechtmäßiger Gewalt! Gott ist über uns und ihnen. Er allein ist unser Schutz und unsere Zuflucht. Wenn unsere Bitten und Vorstellungen über diese Männer, die uns zu vertreiben kommen, nichts vermögen, so gehen wir willig aus dem Hause und flüchten uns, bis die Nacht vorüber ist, in jene Höhle des Waldes, in der wir bei stürmischer Witterung auf der Jagd oft eine Zuflucht gefunden haben.« »Ach,« sprach er, indem er aus seinem Lehnsessel aufstand, »ich wollte, ein jedes aus euch könnte mit mir altem, vielgeprüften Manne sagen:

Um mich hab' ich mich ausbekümmert,
Und alle Sorg' auf Gott gelegt,
Würd' Erd' und Himmel auch zertrümmert
So weiß ich doch, daß Er mich trägt;
Und hab' ich meinen treuen Gott,
So frag' ich nichts nach Not und Tod.«

Neuntes Kapitel

Ein unerwarteter Besuch

Indessen wurde wiederholt geklopft, und noch stärker, als zuvor. »Geh, Christian,« sagte der alte Förster, »und öffne die Türe.« Christian ging. Nach einigen Augenblicken trat ein schöner, ansehnlicher Herr, den sie nicht kannten, in einen dunkelgrünen Mantel gehüllt und mit einer Pelzmütze bedeckt, zur Türe herein. »Das ist der neue Förster!« dachten alle mit erschrockenen Herzen. Der Unbekannte erschien aber selbst erschrocken, so viele rotgeweinte Augen und schreckenblasse Angesichter zu sehen. Er nahm seine Mütze ab, stand einige Augenblicke still und sagte: »Kennen Sie mich denn nicht mehr?« »Ach Gott,« rief Luise, »es ist Anton.« »Anton!« rief Katharin, »ist's möglich?« »Was fällt euch ein,« sagte die alte Mutter, »dieser Herr da ist ja viel größer und stärker als Anton.« »Wahrhaftig, er ist es,« sprach Christian, »es ist Anton! Um des Himmels willen, Bruder, wie kommst du hieher? Ich hätte dich in Rom gesucht, mehrere hundert Meilen von hier!« Der alte Vater rieb sich die Augen, als traute er ihnen nicht, trat langsam näher, eilte aber plötzlich mit weitausgestreckten Armen auf Anton zu, schloß ihn in die Arme und konnte nichts mehr sagen, als: »O mein Sohn Anton!« Sie umarmten sich lange und innig. Nun grüßte Anton seine ehrwürdige Pflegemutter, seine Geschwister, Christian, Katharinen und Luisen, voll der herzlichsten Freude des Wiedersehens. Auch die junge Försterin und ihre Kinder, die er das erste Mal sah, grüßte er mit großer Freude und Herzlichkeit. So tief betrübt alle noch vor wenigen Augenblicken waren, so hoch erfreut waren jetzt alle. Die unerwartete Freude hatte alle Traurigkeit verscheucht, wie die aufgehende Sonne die nächtlichen Schatten zerstreut.

Jetzt aber fing die alte Mutter an: »Ach Anton, du findest uns in sehr traurigen Umständen. Du hast ja unsre Tränen noch gesehen, als du in die Stube herein kamest. Ach, laß dir unsern Jammer doch erzählen.« »Ich weiß alles,« sprach Anton; »seien Sie aber vollkommen ruhig, liebste Eltern! Ihre Angelegenheiten stehen auf's Beste. Ich komme eben vom Fürsten. Er grüßt Sie, liebster Vater, auf das Freundlichste.«

»Mich?« rief der alte Vater. »Wie kamst du zum Fürsten? Das begreife ich nicht. Wahrhaftig, ich fürchte, dieses alles ist nur ein glücklicher Traum.«

»Nein,« sprach Anton, »nichts weniger als ein Traum, sondern die gewisse Wahrheit. Setzen Sie sich einmal in ihren Lehnsessel, liebster Vater, und Sie, liebste Mutter, nehmen Sie hier Platz, und lassen Sie sich alles ausführlich erzählen.« Er legte seinen Mantel ab und holte noch ein paar Sessel herbei. Die erfreuten Pflegeeltern nahmen ihn in ihre Mitte. Alle übrigen standen umher und sahen voll Verwunderung und Erwartung auf ihn. Anton erzählte:

»Unser jetziger gnädigster Fürst war, wie Sie wissen, noch vor kurzem als Erbprinz in Italien. Da wurden nun einmal zu Rom die Gemälde junger Künstler zur Schau ausgestellt. Er ging hin, und unter den vielen Gemälden gefiel ihm eines ganz vorzüglich.

Man sagte ihm, ein junger Maler aus seinem Fürstentume, Anton Kroner, habe es gemalt. Der Prinz ließ mich rufen, lobte mich sehr und war gegen mich ganz ungemein gnädig. Er fragte mich, was ich für das Gemälde fordere, und bezahlte mir mit fürstlicher Großmut noch einmal so viel als ich verlangt hatte. Da er die berühmtesten Gemälde zu Rom sehen wollte, so mußte ich ihn öfter begleiten, durfte neben ihm in seinem Wagen sitzen, ja sogar einige Male bei ihm speisen. Nun wurden zu Rom mehrere alte Gemälde von ganz vorzüglicher Schönheit zum Verkauf ausgeboten. Der Prinz fuhr mit mir hin, sie zu besehen. Er fragte mich bei jenen Stücken, die ihm besonders gefielen, um meine Meinung, und beschloß sie zu kaufen. Es war ein Tag bestimmt, an dem sie öffentlich sollten versteigert werden. Der Prinz konnte aber nicht mehr so lange bleiben; er mußte nach Hause reisen und die Regierung übernehmen. Er gab mir daher den Auftrag, die Gemälde zu kaufen, und dafür zu sorgen, daß sie ihm sicher und unbeschädigt überliefert würden. Er bestimmte, wie viel ich im äußersten Falle für die Gemälde geben dürfte, und wies mir eine Summe Geldes an. Dieser für mich so ehrenvolle Auftrag lag mir nun sehr am Herzen. Ich war auch so glücklich, die Gemälde für eine bedeutend geringere Summe, als er mir gestattet hatte, zu erhalten.

Da ich bereits alles, was für einen Maler in Italien vorzüglich sehenswert ist, gesehen hatte, und da eben ein Schiff zum Absegeln bereit lag, so schiffte ich mich samt den Gemälden ein. Ich kam mit meinem kostbaren Schatze glücklich an das Land. Da mietete ich nun für die Gemälde einen besonderen Wagen, und fuhr, damit sie ja keinen Schaden nehmen möchten, selbst mit, bis wir auf dem Wagen zusammen in der Residenz anlangten. Ich eilte sogleich nach Hofe und ließ mich melden. Der Fürst war eben von der Mittagstafel aufgestanden und befand sich in seinem Kabinette. Ich kam sogleich vor. »Nun, willkommen in Deutschland,« sprach der Fürst sehr freundlich; »was bringen Sie mir Gutes aus Italien?« »Die Gemälde,« sagte ich, »die ich Eurer Durchlaucht höchstem Befehle gemäß gekauft habe.« »Nun,« sprach der Fürst, »und wie viele davon?« »Alle!« sagte ich. »Alle!« rief er sehr erfreut; »das ist ja ganz vortrefflich.« Er gab sogleich Befehl, daß die Bilder ausgepackt und aufgestellt würden. Ich half auch mit. Alle waren vollkommen unbeschädigt. Der Fürst war in seinem größten Vergnügen. Denn er ist nicht nur ein Liebhaber, sondern auch ein Kenner von Gemälden. Ich überreichte ihm die Quittungen für die bezahlten Gemälde. »Die Summe,« sprach er, »beträgt ja ein Merkliches weniger, als ich Ihnen gestattete.« Ich sagte: »Eure Durchlaucht wollen befehlen, wo ich das übrige Geld abzugeben habe.« »Ach,« sagte er gnädig, »davon kann keine Rede sein. Ich bin Ihnen Dank schuldig. Wenn Sie mit mir zufrieden sind, so bin ich es mit Ihnen noch viel mehr. Doch — Sie sind müde von der Reise und haben sich mit Auspacken noch mehr abgemattet. Sie bedürfen der Ruhe.« Er befahl, mir ein Zimmer in der Residenz anzuweisen.

»Als ich Abends in meinem Zimmer saß, fiel mir plötzlich ein, den alten Forstrat Müller zu besuchen. Er war ja, außer dem Fürsten, der einzige Mann, den ich in der Residenz kannte, und ich erinnerte mich sehr wohl, wie er ehemals als Oberförster Sie, bester Vater, öfter besuchte und mit Ihnen in der herzlichsten Freundschaft lebte. Er fragte mich, wie ich hieher komme. Ich sagte es ihm. »Sie kommen zur glücklichsten Stunde!« sprach er, »und fing nun sogleich an, mir zu erzählen, wie es Ihnen, liebster Vater, gehe, wie viel Verdruß Ihnen der Oberförster mache, wie Sie deshalb selbst in die Residenz gekommen, wie Sie aber einige Tage vor meiner Ankunft unverrichteter Sache wieder abgereiset waren. Ich wollte sogleich wieder zum Fürsten. »Nicht doch!« sagte der Forstrat, »das geht nicht. Morgen frühe müssen Sie um eine besondere Audienz bitten. Ich werde Sie begleiten. Die Sache ist jetzt schon so vorbereitet, daß wir ein geneigtes Gehör finden werden.« Wir wurden am folgenden Morgen sehr bald vorgelassen. Ich fing sogleich von Ihnen an und redete mit großem Eifer. Ich erzählte, wie ich in Ihr Haus gekommen und was Sie alles an mir getan haben. Ich war sehr ausführlich. Der Forstrat sagte einige Male: »Zur Sache, zur Sache!« Der Fürst aber lächelte nur und sagte: »Lassen Sie ihn immerhin reden! Die Dankbarkeit des guten Sohnes gegen seine Pflegeeltern gefällt mir. Wir werden ja am Ende finden, wo das alles hinaus will.« Ich kam nun auf den Herrn von Schilf und sagte es gerade zu, warum er Ihnen so aufsässig sei, und daß er als ein Wilddieb in das Zuchthaus gekommen wäre, wenn der hochselige Fürst nicht zu gnädig gewesen wäre. »Nicht doch,« sagte der Forstrat ernsthaft zu mir, »Sie vergessen den schuldigen Respekt. Fürsten können kaum zu gnädig sein. Der Oberförster war damals ein junger Mensch, und es konnte deshalb immer einige Schonung eintreten.« »Nur weiter, nur weiter!« sagte der Fürst zu mir. Ich zeigte ihm nun die Briefe, die Sie, liebster Vater, mir nach Italien geschrieben. Ich hatte sie noch in der Nacht aus meinem Koffer hervorgesucht. Da ist auch nicht ein einziger darunter, in dem nicht für den Durchlauchtigen Erbprinzen, der mit mir damals in einem Lande lebte, die besten Segenswünsche enthalten wären. Der

Fürst las nicht nur die Stellen, die ich ihm zeigte, sondern, nachdem er mich zuvor, mit zu vieler Gnade, um Erlaubnis gefragt hatte, die ganzen Briefe. »Nun wohl,« sprach er, »ich erinnere mich jetzt, daß Sie mir schon in Italien von dem wackern Manne gesagt haben; ein Mann, der so schreibt und einen so guten Sohn erzog, kann kein schlechter Mann sein.« »Deshalb,« sagte ich, »müssen Eure Durchlaucht den Oberförster bestrafen und dem Sohne des Försters den väterlichen Dienst geben.« Der Forstrat blickte mich unwillig an und sagte: »Spricht man denn auch einmal so mit dem gnädigsten Herrn. Zu einem Fürsten darf man nicht sagen: Sie müssen.« — Der Fürst aber sprach mit Lächeln: »So schnell geht es freilich nicht, wie Sie meinen, junger Mann. Ich muß den Oberförster erst auch hören.« Er winkte dem Forstrat an sein Fenster und redete einige Zeit besonders mit ihm. Der Forstrat setzte sich hierauf und schrieb. Der Fürst sagte aber zu mir: »Seien Sie ruhig, es wird recht werden.« »Er redete nun, während der Forstrat schrieb, mit mir von Gemälden.« »Mein seliger Vater,« sagte er, »hat mir eine ganz artige Sammlung hinterlassen. Ich bin begierig, was Sie dazu sagen. Indes müssen alle Gemälde wieder in bessern Stand gesetzt werden. Diese Arbeit übertrag ich hiemit Ihnen. Wollen Sie das Geschäft übernehmen?« »Mit dem größten Vergnügen,« sagte ich; »aber erst nach den Weihnachtsfeiertagen. Am heiligen Weihnachtsabende habe ich meine ehrwürdigen Pflegeeltern das erste Mal gesehen, an dem Weihnachtsabende muß ich sie wiedersehen, besonders da sie in einer so traurigen Lage sind, und ich ihnen erfreuliche Nachrichten bringen kann.« »Das ist nicht mehr als billig!« sagte der Fürst, »der Dankbarkeit gegen Eltern will ich gerne nachstehen.«

Der Forstrat war indessen mit Schreiben fertig geworden und überreichte dem Fürsten das Blatt. Der Fürst unterzeichnete es. »Grüßen Sie mir Ihren guten Pflegevater,« sprach er zu mir, »und sagen Sie dem braven, alten Manne, er solle außer Sorgen sein.«

»Aber wie frei Sie doch mit dem Fürsten sprachen,« sagte der Forstrat, indem er mich auf mein Zimmer begleitete. »Ich wehrte Ihnen immer, aber Sie achteten nicht darauf. Nun, Ihrer Liebe zu Ihren Pflegeeltern ist dieses zu verzeihen. Auch finde ich, der geradeste Weg ist immer der kürzeste.« Ich fragte nun den Forstrat, was der Fürst mit ihm gesprochen und was er ihm zu schreiben befohlen. Nach vielem Bitten gestand er mir endlich, der Fürst habe gesagt: »Bald hätte man mich zu einer Ungerechtigkeit verleitet. Dort liegt ein Dekret, in dem an die Stelle des alten Försters ein anderer Mann ernannt wird. Ich fand jedoch einige Bedenklichkeiten dabei und habe, so sicher man auch darauf rechnete, es noch nicht unterzeichnet. Ich werde nun die Sache zuvor noch gründlicher untersuchen.« Was der Forstrat schreiben mußte, war ein besonderer Befehl an den Oberförster, ungefähr dieses Inhalts: »Seine Durchlaucht hätten mit allergrößtem Mißfallen vernommen, wie unwürdig der Oberförster den würdigen Förster Grünewald behandle; der Oberförster erhalte hiemit die geschärfteste Weisung, bis auf weiteres weder den alten Förster noch dessen Sohn im geringsten zu beunruhigen.« Den Befehl mußte der Forstrat sogleich durch eine Staffette absenden. »Denn,« hatte der Fürst gesagt, »es liegt mir sehr daran, dem alten ehrlichen Manne, sobald möglich, Ruhe zu verschaffen.« Der Forstrat gab mir nun noch auf, Sie zu grüßen und Ihnen zu sagen: »Die Untersuchung, die der Fürst anordnen werde, falle zuverlässig zu Ihrem Besten aus, und Ihr Sohn erhalte sicher den Försterdienst.«

Der alte Förster wischte sich, so wie alle übrigen, während dieser Erzählung öfter die Augen. Jetzt stand er auf, umarmte Anton, nahm den Flor von dem Gemälde der Geburt Jesu hinweg, blickte dankend zum Himmel und rief: »Nun laßt uns in den Lobgesang der Engel einstimmen: Ehre sei Gott in der Höhe und Friede auf Erden den Menschen, die eines guten Willens sind.«

ZEHNTES KAPITEL

Der Weihnachtsbaum

Nachdem Anton seine Erzählung geendet hatte, erkundigte er sich sehr angelegentlich nach dem Befinden seiner lieben Eltern. Er hatte nicht ohne Schmerzen bemerkt, wie sehr beide seit seiner Abreise gealtert waren. Ihre grauen Haare und ihre vielen Falten preßten ihm beinahe Tränen aus. Indes ließ er sich davon nichts merken, um sie nicht zu betrüben. Gar sehr mußte er sich hingegen verwundern, seine Geschwister, Christian, Katharine und Luise nun in der vollen Blüte des Lebens zu erblicken. Er rief Christians beide Kinder freundlich herbei. »Mein Gott,« sagte er, »so verfließt die Zeit! Ach, vor zwanzig Jahren waren Christian, Katharine und ich Kinder wie diese hier, Luise noch kleiner. Jetzt sind diese Kinder in unsere Stelle eingerückt.« Er betrachtete die zwei Kinder mit Wohlgefallen. »Nun,« sprach er, »habt ihr aber auch eure Weihnachtsgeschenke schon bekommen?« »Ach nein!« sagte der kleine Franz. »Der Oberförster hat uns den Spaß verdorben; er ist ein rechter Herodes.« Die Mutter verwies ihm diese Rede. Die kleine Klara sagte: »Anton, dich hat gewiß ein Engel hieher geschickt. Hast du uns aber auch ein Weihnachtsgeschenk mitgebracht?« »O ja wohl,« sagte er, »ich habe eurer nicht vergessen. Nur müßt ihr warten, bis meine Kutsche nachkommt. In dieser ist alles.« Die Kinder gaben sich zufrieden.

Hierauf wurde das Abendessen aufgetragen. Es wurde aber mehr geredet, als gegessen. Nach Tische verlangten die Kinder in das Bett. Alle übrigen blieben aber noch bei einander auf. »Den lieben Kleinen,« sagte Anton, müssen wir morgen frühe noch eine besondere Freude machen. Wir müssen ihnen einen Weihnachtsbaum zurichten. Denn wie in einigen Gegenden die Krippe, so ist in andern der Weihnachtsbaum Sitte. Christian muß sich aus Liebe zu seinen Kindern schon bequemen, noch diese Nacht aus dem nahen Walde eine junge Tanne zu holen. Das Nötige, den Baum zu schmücken, bringe ich mit. Ich habe meinen Kutscher, dessen Pferde fast erlegen waren, in Aeschenthal zurückgelassen und bin auf dem Fußsteig über alle Berge hieher geeilt; morgen frühe aber vor Anbruch des Tages wird die Kutsche mit meinem Koffer und übrigem Gepäcke hier eintreffen.«

Am folgenden Morgen, sehr frühe, da die Kinder noch süß und sanft schliefen, waren schon alle Erwachsene im Hause mit Aufstel-

lung und Ausschmückung des Weihnachtsbaumes beschäftigt. Ein junger schöner Tannenbaum mit dichten grünen Ästen wurde in der Stubenecke zwischen den Fenstern angebracht. Anton öffnete, nachdem die Kutsche abgepackt war, eine große Schachtel, die fast mit allem, was Kinder freuen kann, gefüllt war. Er hängte die kleinen Geschenke — schönes Obst, allerlei buntes Zuckerwerk, niedliche Körbchen voll verzuckerter Mandeln, Kränze von künstlichen Blumen mit rosenfarbenen oder himmelblauen Bändern geziert, nebst allerlei flimmerndem Spielzeuge an den Baumzweigen auf. Er wußte alles sehr malerisch zu ordnen. Nun nahm er auch ein paar Dutzend kleine blecherne Lampen hervor, die mit Wachs eingegossen waren. Er hängte sie vorsichtig, damit sie den Baum schön beleuchten, aber nicht anbrennen konnten, an den Zweigen auf. Da alles fertig war, gingen Katharine und Luise, die Kinder zu wecken. »Sie dürfen aber nicht früher kommen,« sagte Anton, »als bis ich mit dem Anzünden der Lampen fertig bin und bis die Mutter ruft.«
Als die Kinder von den Weihnachtsgeschenken hörten, verging ihnen sogleich aller Schlaf. Man konnte sie nicht schnell genug ankleiden. Endlich rief die Mutter: »Jetzt kommt!« Die Kinder sprangen eilig in die Stube — blieben aber von Glanz und Schim-

mer geblendet plötzlich stehen. Vor Erstaunen und Entzücken über den unerwarteten Anblick konnten sie anfangs nicht reden. Sie staunten den wundersam schimmernden Baum mit starren Augen und offenem Munde unverwandt an. Der grüne Glanz der Zweige, die Lichter, die dazwischen wie Sterne schimmerten, die hochrot strahlenden Äpfel, die goldgelben Birnen, die vielen bunten und funkelnden Sachen kamen ihnen wie Zauberei vor. Sie wußten nicht, ob sie wachten oder träumten. Endlich riefen sie höchst entzückt: »O wie schön, o wie herrlich!« Franz sagte: »Einen solchen Baum, der so schön ist und im Winter so vielerlei Früchte trägt, gibt's in unserm ganzen Walde nicht.« »Ei,« sagte Klara, »solche Bäume wachsen nur im Paradiese oder gar nur im Himmel. Nicht wahr, Mutter, das Christkindlein hat uns den Baum geschickt?« »So, wie er da ist,« sprach die Mutter, »nun eben nicht. Indes hat doch Christus, der einst als ein Kind in der Krippe lag und nun im Himmel ist, euch diese Freude beschert. Denn wäre Er uns nicht geboren, so wüßten wir nichts von Weihnachtsfreuden und Weihnachtsgeschenken.« »Nun gut,« sagten die Kinder, »wir wollen Ihn schon recht lieb haben und Ihm recht folgen. Er ist doch gar so gut und hat die Kinder gar so lieb. Eine solche Freude, wie Er uns macht, hatte noch kein Mensch in der Welt.«

Die Großmutter sprach: »Es ist wohl wahr, ein erwachsener Mensch kann kaum eine solche Freude empfinden, wie ihr Kinder.« Schuldlose Kinder sind die seligsten Geschöpfe auf Erden; ihre Freuden sind rein und lauter. Gott erhalte euch unschuldig und gut!« — »Ach,« sagte sie zu den übrigen, »die Freuden der Erwachsenen werden nur zu oft von Kummer und Sorge, von Ehrsucht, Geiz, andern bösen Leidenschaften, wohl gar von Gewissensbissen verbittert. Darum ist es ein schönes wahres Wort unsers göttlichen Erlösers: »Wenn ihr euch nicht bekehtet und nicht werdet wie die Kinder, so könnet ihr nicht in das Himmelreich eingehen.«
Der Großvater sagte: »Der Gebrauch mit dem Weihnachtsbaume gefällt mir sehr wohl. Es war klug und weise von unsern Voreltern, daß sie darauf bedacht gewesen, die schönen christlichen Freudenfeste auf mancherlei Weise den Kindern zu Tagen der Freude zu machen. Diese kindliche Freude macht ihnen die Festtage des Herrn lieb und wert und bereitet ihr Herz vor, an der höheren Festfreude, an dem Heile, das uns allen geworden, Teil zu nehmen. Von nun an soll in diesem Hause, an jedem Weihnachtsfeste den lieben Kleinen immer ein Weihnachtsbaum grünen. Wenn er auch nicht so prächtig geziert sein sollte, wie dieser, so wird er ihnen doch nicht weniger Freude machen. Es braucht wenig, Kinder zu

erfreuen; einige Äpfel, Birnen, vergoldete Nüsse reichen schon hin, wenn man etwa nichts Besseres hat. Auch wird wohl niemand knickern wollen, wenn es darauf ankommt, Kindern eine schuldlose und heilsame Freude zu machen. Ich denke auch, der Weihnachtsbaum kann uns bei der Kinderzucht große Dienste leisten; er kann uns, wenigstens sehr oft, die Rute ersparen. Kinder, die einmal einen Weihnachtsbaum gesehen haben, freuen sich gewiß das ganze Jahr wieder darauf, und werden gewiß mehr auf die Worte achten: Wenn ihr nicht gehorcht, bekommt ihr keinen Weihnachtsbaum! — als wenn man ihnen mit Schlägen drohte.«

Die Eltern und Großeltern dankten nun dem Anton für die viele Freude, die er ihren Kindern und Enkeln gemacht hatte. »Es ist eine Kleinigkeit,« sagte er, »die nicht der Rede wert ist. Indes muß ich Sie bitten, daß auch Sie einige kleine Weihnachtsgeschenke von mir nicht verschmähen.« Er schloß seinen Koffer auf, der in einer Ecke der Stube stand. »Diesen Koffer,« sagte er, »haben Sie mir einst reichlich gefüllt mit auf die Reise gegeben; es ist nicht mehr als billig, daß Sie ihn nicht ganz leer wieder zurückerhalten.« Er überreichte der alten Försterin kostbares Pelzwerk und Seidenzeug. »Es ist ja die Pflicht guter Kinder,« sagte er, »ihre alten Eltern bei der rauhen Jahreszeit warm zu halten.« Der jungen Frau und den zwei Jungfrauen gab er grünen Tafft zu Kleidern, seidene Halstücher aus Mailand und andern Frauenzimmerputz. Der junge Förster bekam eine vortreffliche Doppelflinte, deren Schaft von Nußbaumholz sehr schön mit Silber eingelegt war. »Sie, liebster Vater,« sagte Anton zu dem alten Förster, »müssen nun nicht mehr auf die Jagd gehen; Sie müssen nun von Ihren vielen Beschwerden ausruhen. Sie brauchen Stärkung in ihren alten Tagen. Der Korb dort ist mit Flaschen vom besten alten Rheinwein gefüllt. Und hier ist ein Becher dazu.« Anton überreichte ihm einen silbernen Becher, der innen prächtig vergoldet war. Außen auf dem Becher waren in einem Kranze von Eichenlaub die Worte eingegraben: »Meinem lieben Vater Friedrich Grünewald zur Erinnerung an den Weihnachtsabend 1740, überreicht am Weihnachtsfeste 1768 von dessen dankbarem Sohne Anton Kroner.« Der alte Förster umarmte Anton mit Tränen in den Augen. Allein Anton übergab ihm überdies noch eine Rolle Gold. »Sie, liebster Vater,« sagte er, »haben große Summen auf mich verwendet. Es wäre nicht recht, wenn Ihre übrigen Kinder und Ihre Enkel dadurch sollten verkürzt werden.« Der edle Greis erstaunte und wollte das Geschenk nicht nehmen. Allein Anton sagte: »Es ist nichts weniger als ein Geschenk von mir. Der gnädigste Fürst hat mich so

reichlich beschenkt, und sein Geschenk freute mich zweifach, weil ich dadurch in den Stand gesetzt wurde, Ihnen an einer alten Schuld, die ich nie werde ganz bezahlen können, wenigstens einiges abzutragen.« Alle Umstehenden waren höchst erstaunt. Die alte Försterin aber sagte: »Ach Anton, wie hätten wir an jenem Weihnachtsabende, an dem du das erste Mal in unser Haus kamest, denken können, daß du uns dereinst einen so fröhlichen Weihnachtsabend bereiten, uns durch die Verwendung bei Seiner fürstlichen Durchlaucht aus so großer Not retten und uns alles, was wir an dir taten, so reichlich vergelten würdest!« »Das hat Gott getan,« sprach Anton. »Er führte mich in Ihr Haus, um Sie und mich reichlich zu segnen. Sein Name sei gepriesen.«
»Doch,« sprach jetzt Anton, »erlauben Sie nun, daß ich sogleich abreise.« »Was, wie, warum?« riefen alle erstaunt. Allein Anton sagte: »Ich fahre jetzt zu Herrn Riedinger. Ich hoffe dort noch dem Gottesdienste beiwohnen zu können, meinem vortrefflichen Lehrmeister durch meinen Besuch eine unerwartete Freude zu machen und ihn morgen abends hieher zu bringen. Dann wollen wir die übrigen Weihnachtsfeiertage, ja alle Tage des noch übrigen Jahres recht fröhlich beschließen.« Alle begleiteten Anton an die Kutsche. Am Abende des andern Tages kam

Anton mit seinem Lehrmeister an, und das alte Försterhaus in dem düstern Walde beherbergte in diesen Tagen so selige Menschen, als je auf Erden gelebt haben.
Was von Antons Geschichte noch weiter bemerkt zu werden verdient, ist kurz dieses. Anton bat den alten Förster und dessen Hausfrau, ihm ihre Tochter Luise zur Ehe zu geben. Beide bewilligten es mit Freuden. »Ach Luise,« sprach die alte Großmutter, »damals, als du dem Anton jenes Äpfelein zum Weihnachtsgeschenke gegeben hast, dachte ich wohl nicht daran, daß er dich dereinst als seine Braut zum Altare führen würde.« Das Hochzeitsfest war ein so freudiges Fest, als je eines in dem Försterhause gefeiert wurde.

Anton aber kaufte sich in der Residenz ein eigenes Haus, hatte als ein sehr geschätzter Maler immer sehr viel zu malen, und lebte mit Luisen in der seligsten Eintracht.
Im folgenden Frühlinge kam der Fürst ganz unerwartet auf dem fürstlichen Jagdschlosse Felseck an und brachte den alten Forstrat Müller und einen auswärtigen forstverständigen Mann mit sich. Der Oberförster war sehr bestürzt und versprach sich von diesem gnädigen Besuche wenig Gutes. »Sie haben meine Befehle überschritten,« sagte der Fürst zu ihm. »Ich hatte zwar, durch Ihre Berichte verleitet, den alten Förster seiner Geschäfte überhoben und war willens, den jungen Förster auf einen sehr geringen Försterdienst zu versetzen; allein die ganze Familie so unmenschlich aus dem Forsthause zu verstoßen, wie Sie es im Sinne hatten, war nie mein Wille. — Doch wir wollen vorerst die Waldungen in Augenschein nehmen.«
Des Oberförsters eigener Bezirk befand sich in einem kläglichen Zustande. »Auf den Papieren, die er einschickte,« sprach der Fürst, »fand sich alles vortrefflich. Da war alles so schön geschrieben und liniert, wie gestochen. Allein im Walde finde ich es anders. Auf manchem Platze ist offenbar ohne Vergleich mehr Holz gestanden, als in den Rechnungen steht. Der Mensch hat mich abscheulich betrogen.« Der Oberförster hatte, wie sich's in

der Folge zeigte, an eine benachbarte Eisenschmelze nach und nach einige tausend Klafter Holz mehr abgegeben, als er in Rechnung brachte. Er hatte, um seinen großen, beinahe fürstlichen Aufwand zu bestreiten, nicht nur sein eigenes Vermögen verschwendet und sich in Schulden gesteckt, sondern sich überdies noch Untreue gegen seinen Fürsten erlaubt. Der Fürst setzte ihn ab und verurteilte ihn, den Schaden zu vergüten. Der arme Herr von Schilf lebte von nun an auf seinem kleinen, überschuldeten Landgute in sehr dürftigen Umständen.

Den Waldbezirk des alten Försters fand der Fürst im trefflichsten Zustande. Er kam in eigener Person zu ihm in das Haus, bezeigte dem alten Manne seine Zufriedenheit, ließ sich dessen ganze Familie vorstellen und redete mit allen sehr freundlich. Bevor er seinen Schimmel bestieg, den ein Reitknecht vor dem Försterhause am Zaume hielt, sagte er zu dem Förstersohne: »Er ist hiemit Förster; mache er seine Sache ferner so gut!« »Sie,« sprach der Fürst zu dem alten Förster, »sind nun wohl etwas alt, aber noch lange nicht der abgelebte Greis, für den Herr von Schilf Sie ausgab. Sie sind trotz Ihres Alters noch sehr wohl bei Kräften; ich kann Sie meiner Dienste noch nicht entlassen. Sie werden mich verstehen, wenn ich Ihnen sage: »Leben Sie wohl, Herr *Oberförster*.«

LA VEILLE DE NOEL.

D'où viens-tu donc, cher petit : comment t'appelles-tu ? et quels sont tes parents ?

CHANOINE C. SCHMID

LA VEILLE DE NOEL.

Ouvrage autorisé par l'Université.

Paris.

PITOIS-LEVRAULT ET CIE,

RUE DE LA HARPE, 81.

1839

« Je n'ai plus ni parents, ni patrie; je me nomme Antoine Groner. »

La Veille de Noël. In: Oeuvres Choisies du Chanoine Christophe Schmid. Deuxième Série. Tours 1862

Weihnachts-Abend.

Wir wollen ihm die Krippe schmücken
Und bei ihm bleiben die ganze Nacht;

Holzschnitt von August von Kreling, in: Georg Scherer, Alte und neue Kinderlieder. Leipzig 1849, S. 85

Aus Christoph von Schmids »Biblische Geschichte für Kinder«

Die Geburt Jesu

Joseph wußte von allem, was sich mit Maria zugetragen hatte, noch nichts. Allein im Traume erschien ihm der Engel des Herrn und sprach zu ihm: »Joseph, du Sohn Davids! nimm deine Gemahlin Maria ohne Anstand zu dir. Sie ist Mutter – des Sohnes Gottes. Und diesen ihren Sohn sollst du Jesus nennen; denn Er wird sein Volk von Sünden erlösen«. Sobald Joseph vom Schlafe erwacht war, nahm er Maria zu sich, und beide lebten nun zu Nazareth – voll Dank gegen Gott, in Eintracht und Liebe, und unschuldsvoll, wie die Engel des Himmels.

Joseph und Maria waren jetzt alle Tage voll der freudigen Erwartung, daß Gottes Verheißung in Erfüllung gehen werde. Da wurde auf einmal ein Befehl des Kaisers Augustus bekannt gemacht: Alle Untertanen in allen Ländern des Römischen Reiches sollen aufgeschrieben werden. Jedermann müsse daher in die Stadt hingehen, wo sein Geschlecht herstamme, um sich da anzusagen. Joseph und Maria waren aus dem königlichen Geschlechte Davids. Sie sollten also nach Bethlehem, der Geburtsstadt Davids, reisen. Eine so weite Reise zu dieser Zeit fiel ihnen,

besonders der jungfräulichen Mutter, sehr schwer. Allein sie gehorchten dennoch beide dem Kaiser – und machten sich unverzüglich auf den Weg.
Sie kamen abends spät in Bethlehem an. Es war da schon eine Menge Leute zusammengekommen, die sich alle wollten einschreiben lassen. Alle Häuser waren mit Fremden angefüllt. Joseph suchte für sich und Maria auch eine Herberge, wo sie über Nacht bleiben konnten. Allein überall wurden sie wegen der Fremden und wohl auch wegen ihrer Armut abgewiesen. Das mußte ihnen sehr schwer fallen. Sie waren müde von der Reise, die Nacht brach ein, und alle Türen waren ihnen verschlossen! Allein still und zufrieden mit Allem, was Gott über sie verhängte, gaben sie sich auch *darein*. Am Ende des Städtleins war eine Höhle, die den Hirten der Gegend zum Aufenthalte und zu einem Stalle für ihre Herden diente. In diesem elenden Orte nahmen sie ihre Nachtherberge.
Und hier kam Jesus Christus, der Sohn Gottes, zur Welt. Maria wickelte das Kind in Windeln, und legte es, weil sonst kein besserer Platz vorhanden war, in die Krippe.

Die Hirten bei der Krippe

Es war nun schon spät in der Nacht. Alles in Bethlehem schlief. Nur einige arme Hirten waren noch auf dem Felde und hielten die Nachtwachen bei ihren Herden. Sie waren redliche, gute Seelen, sanft und friedlich, wie ihre Lämmer, fromm und unschuldig, wie der Hirtenknabe David, der auch einst auf diesen schönen, grünen Fluren die Schafe geweidet hatte.

Wie sie nun so in dunkler Nacht beieinander wachten – sieh, da stand auf einmal, in aller Herrlichkeit des Himmels, ein Engel des Herrn vor ihnen. Himmlische Klarheit – ein heller, blendender Glanz, vor dem Mond und Sterne verschwanden – umleuchtete sie. Furcht und Schrecken ergriff sie. Aber der Engel sprach mit himmlischer Freundlichkeit: »Fürchtet euch nicht! Denn, seht! ich verkündige euch eine große Freude, die dem ganzen Volke Israel zuteil werden soll. Heute Nacht ist euch in der Stadt Davids – der Heiland geboren worden, Christus der Herr! Das Zeichen, an dem ihr das erkennen werdet, soll euch dieses sein: Ihr werdet ein Kind finden, das in Windeln eingewickelt ist, und in der Krippe liegt.«

Im Augenblicke, da der Engel dies gesagt hatte, erschien noch eine unzählige Menge heiliger Engel. Alle priesen Gott und stimmten den heiligen Lobgesang an: »Ehre sei Gott in der Höhe – Friede den Menschen auf Erden, die eines guten Willens sind.«

Die Engel erhoben sich hierauf wieder zum

Himmel. Die Hirten aber sprachen, sobald sie vor Freude und Erstaunen wieder reden konnten: »O kommt, laßt uns jetzt gleich nach Bethlehem gehen, und sehen, was da geschehen ist und der Herr uns verkünden ließ.« Sie gingen eilends hin, kamen in die ihnen wohlbekannte Höhle, trafen da Joseph und Maria an, und erblickten – etwa bei dem Schimmer eines kleinen Lichtes, das die Höhle erleuchtete – in der Krippe das liebenswürdigste aller Kinder. Mit heiliger Ehrfurcht näherten sie sich dem Kinde und betrachteten dasselbe voll des innigsten Wohlgefallens und konnten sich kaum satt daran sehen.

Maria und Joseph wunderten sich, daß die Geburt des himmlischen Kindes diesen fremden Männern schon bekannt sei. Aber wie groß war erst ihr Erstaunen, als die Hirten ihnen jetzt erzählten, wie der Engel des Herrn sie hieher gewiesen und eine unzählige Schar heiliger Engel über die Geburt dieses Kindes frohlockt habe. Maria und Joseph erzählten ihnen nun wohl auch, was ihnen der Engel gesagt hatte, und alle waren voll unaussprechlicher Freude. Freude an Gott machte ihnen die dunkle Höhle zum Himmel.

Die Hirten kehrten nun wieder zurück und dankten und lobten Gott für alles, was sie gehört und gesehen hatten. Maria aber behielt ein jedes Wort, das die Hirten geredet hatten, und erwog es in ihrem Herzen.

»Weihnachtsgedicht«

Du holdes Kind hier in der Krippe,
Du, jetzt erhöht auf Gottes Thron;
Ich preise Dich mit Herz und Lippe,
Dich, Gott von Gott, Dich Gottes Sohn!

Herab vom Himmel auf die Erde
Zog Dich die Liebe – auch zu mir;
Hilf mir, daß ich hier heilig werde,
Und ewig selig dort bei Dir!

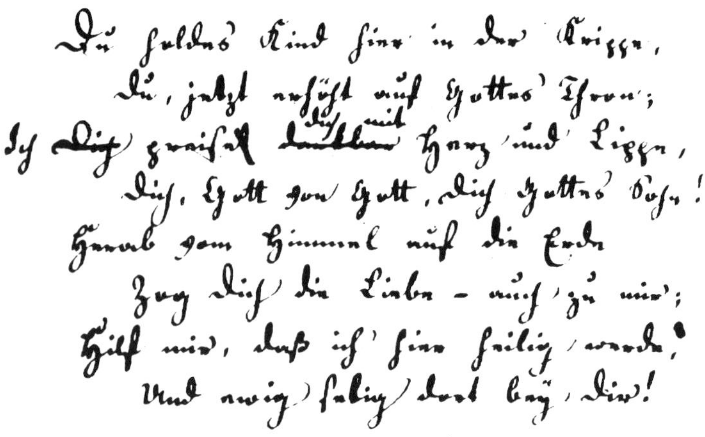
Du holdes Kind hier in der Krippe,
Du, jetzt erhöht auf Gottes Thron;
Ich ~~Dich~~ preise Dich ~~dankbar~~ mit Herz und Lippe,
Dich, Gott von Gott, Dich Gottes Sohn!
Herab vom Himmel auf die Erde
Zog Dich die Liebe – auch zu mir;
Hilf mir, daß ich hier heilig werde,
Und ewig selig dort bei Dir!

mich

Weihnachten im 18. Jahrhundert

Die Bescherung

aus: ERINNERUNGEN I, S. 5f

Das Weihnachtsfest machte mein Vater, sowie die Mutter, nach uralter Sitte zu einem Freudenfeste für uns Kinder. O, noch immer erinnere ich mich jener seligen Augenblicke! Wir Kinder warteten, in eine dunkle Kammer gewiesen, was das »Christkindlein« uns beschert habe. O, welche Freude, welches Entzücken, wenn wir im Glanze der vielen Lichter die Weihnachtsgeschenke, auserlesenes Obst, Konfekt und Marzipan, allerlei Spielzeug, Kleidungsstücke und schön gebundene, einige sogar mit Gold gezierte Bücher erblickten. [. . .]

Wundersame Musik am Weihnachtsabend

aus: ERINNERUNGEN I, S. 18f

Am heiligen Weihnachtsabende, spät in einer mondhellen Nacht, hörte man vor dem Haupteingange der großen majestätischen Pfarrkirche eine wundersame Musik, die von einem ganz unbekannten Instrumente zu kommen schien, so lieblich als die Töne einer Harfe oder Glasharmonika. Die Sache erregte Aufsehen; viele Leute hörten in tiefer Stille mit Erstaunen und Verwunderung zu. Mein Vater machte ausfindig, woher die für Alle unerklärbaren Töne kamen. Auf dem freien Platze vor der Kirche befindet sich ein großer Brunnen mit vier Röhren laufenden Wassers, das sich in ein großes, achteckiges Behältnis von Eisen, den sogenannten Röhrkasten ergießt. Die Oberfläche des Wassers war gefroren und zu einer großen Eistafel geworden; nur da, wo das Wasser aus den Röhren in den Kasten strömte, waren kleine Öffnungen geblieben. Wenn der Wind, bald stärker, bald schwächer wehte, so fielen die Wassertropfen auf den Eisspiegel und verursachten so den wunderbaren Klang. Da aus dem Wasserkasten an diesem Abende zum Reinigen der Häuser viel Wasser abgelassen wurde, so entstand zwischen dem Eise und dem Wasser ein hohler Raum, wodurch die Töne, wie durch einen Resonanzboden, sehr verstärkt wurden. Da die Zuhörer in dieser heiligen Nacht sehr zur Andacht gestimmt waren, so ist es sehr begreiflich, daß sie etwas Höheres und Himmlisches ahnten. »Die Ereignisse in der Natur,« sagte mein Vater, »erhalten durch ein frommes Gemüt eine höhere Bedeutung, die aber keineswegs Täuschung ist, sondern einen tiefern Grund in der Gesinnung der Menschen hat. Wenn uns,« sprach er, um die Sache durch ein Beispiel zu erläutern, »ein lieber Freund gestorben ist, haben die Glokken, die zum Leichenbegängnisse rufen, einen ganz anderen Klang«.

Die Weihnachtskrippe in Dinkelsbühl

aus: ERINNERUNGEN III, S. 19 ff

Lebhaft erinnere ich mich noch heute der uralten, bestehenden Gebräuche in meiner Vaterstadt. Sie machten auf mein kindliches Gemüt einen unauslöschlichen Eindruck und erweckten gleichfalls fromme Gefühle in mir. So wurde in einem Seitengange der katholischen Pfarrkirche zur Weihnachtszeit jedesmal eine Krippe errichtet. Der eifrige Stadtpfarrer Grasmeier ließ sie, da wir Kinder eben älter wurden, erneuern und prächtig ausstatten. Das Ganze stellte eine angenehme Landschaft vor, einen breiten Berg mit vielen Absätzen und Seitenwegen und zu oberst die Stadt Bethlehem; unten war eine große Felsenhöhle, in der Christus geboren wurde, und das umgebende Tal zu sehen. Die Personen waren zwar angekleidet, jedoch mit Geschmack. Köpfe und Hände waren von einem trefflichen Bildhauer ganz nach der Kunst gearbeitet und von einem ebenso kunstreichen Maler übermalt. Die ganze Jugendgeschichte Jesu wurde so nach und nach vorgestellt. Das Kind Jesu in der Krippe, Maria und Joseph und dabei die anbetenden Hirten, die Heiligen Drei Könige, die Flucht nach Ägypten und zuletzt der zwölfjährige Jesus im Tempel. Die Anordnung der Szenen war einem in seiner Art sinnreichen Manne anvertraut, der fast täglich eine Veränderung anzubringen wußte, womit er die Zwischenbegebenheiten der Hauptgeschichten ausfüllte. Am Abende vor der heiligen Nacht zum Beispiel war der Stall noch leer, und zwei Engel waren da und kehrten die Spinnengewebe ab; in der heiligen Nacht erblickte man das Kind Jesu, Maria und Joseph in der Felsenhöhle und seitwärts den Engel und die Hirten; am Tage selbst waren indessen die Hirten herbeigekommen, das göttliche Kind anzubeten; in der Folge sah man Hirtenknaben und Hirtenmädchen mit ländlichen Geschenken, einem Lamm oder einem Paar Täubchen, mit Eiern oder Früchten der Krippe zueilen. Bevor die Heiligen Drei Könige kamen, ließen sich die Vorreiter und Läufer sehen; hierauf erschienen die Heiligen Könige alle drei zu Pferd; endlich waren sie dargestellt kniend vor dem göttlichen Kinde und ihre Geschenke überreichend; ihr zahlreiches Gefolge füllte das ganze Tal umher. Ich bin zu keiner Stunde des Tages durch die Kirche gegangen, ohne daß ich Leute, besonders Mütter und Kinder sowohl katholischer als evangelischer Konfession vor der Krippe stehend bemerkt hätte. Der würdige Stadtpfarrer beteuerte, vorzüglich aus Liebe zu den Kindern habe er auf diese Krippe so vieles verwendet. »Diese für uns heilbringenden Geschichten«, sagte er, »werden so den Kindern aufs beste anschaulich und unvergeßlich gemacht«. »Und wie viele Erwachsene sind in dieser Hinsicht auch noch Kinder!« sagte mein Vater. [. . .]

Christoph von Schmids Elternhaus in Dinkelsbühl
(aus: Erinnerungen, Drittes Bändchen, 1853)

Vorweihnachtliche Zeit in Nassenbeuren

Aus dem TAGEBUCH

Dezember 1793

Sechs Uhr erwacht. Bis zum Aufstehen Thomas*. Das allmählige Tagwerden auf dem Lande hat etwas Angenehmes. Zuerst hört man den Hahnenruf, dann ertönt die Gebetglocke, hierauf beginnt das Dreschen. Heute sah ich dahier das erstemal das ganze Land in blendendes Weiß gekleidet. Ich erinnerte mich lebhaft meiner Kinderjahre. Welch frohe Mär, welche Freude war der erste Schnee! Wie oft gingen wir den Morgens ans Fenster, um zu sehen obs nicht geschneit. Armselige Kleinigkeiten, die ich daher schreibe. Doch eben dies macht die Seligkeit der Kindheit und Einfalt aus, an jeder Kleinigkeit Freude zu haben. [. . .]

* Thomas von Kempen, Die Nachfolge Christi

Die Kinder bey der Krippe

1.

Ihr Kinderlein kommet, o kommet doch all'!
Zur Krippe her kommet in Bethlehems Stall,
Und seht, was in dieser hochheiligen Nacht
Der Vater im Himmel für Freude uns macht.

2.

O seht in der Krippe, im nächtlichen Stall,
Seht hier bey des Lichtleins hellglänzendem Stral,
In reinlichen Windeln das himmlische Kind,
Viel schöner und holder als Engel es sind.

3.

Da liegt es – ach Kinder! – auf Heu und auf Stroh;
Maria und Joseph betrachten es froh;
Die redlichen Hirten knien bethend davor,
Hoch oben schwebt jubelnd der Engelein Chor.

4.

Manch Hirtenkind trägt wohl mit freudigem Sinn,
Milch Butter und Honig nach Bethlehem hin;
Ein Körblein voll Früchte, das purpurroth glänzt,
Ein Schnee-weißes Lämmchen mit Blumen bekränzt.

5.

O bethet: Du liebes, Du göttliches Kind
Was leidest Du alles für unsere Sünd'!
Ach hier in der Krippe schon Armuth und Noth,
Am Kreuze dort gar noch den bitteren Tod.

Die Kinder bey der Krippe.

1.

Ihr Kinderlein kommet, o kommet doch all!
Zur Krippe her kommet in Bethlehems Stall,
und seht, was in dieser hochheiligen Nacht
der Vater im Himmel für Freude uns macht.

2.

O seht in der Krippe, im nächtlichen Stall,
seht hier bey des Lichtleins hellglänzendem Strahl,
In reinlichen Windeln das himmlische Kind;
Viel schöner u. holder als Engel es sind.

3.

Da liegt es – ach Kinder! – auf Heu u. auf Stroh;
Maria u. Joseph betrachten es froh;
die redlichen Hirten knien betend davor,
Hoch oben schwebt jubelnd der Engelein Chor.

4.

~~Die Kinder der Hirten~~ F mit freudigem Sinn, F Manch Hirtenkind trägt
~~[illegible]~~ + nach Bethlehem hin; + Milch, Butter u. Honig
Ein Körblein voll Früchte, das purpurroth glänzt, ~~mit [illegible] geschmückt~~
Ein Schnee-weißes Lämmchen mit Blumen bekränzt. ~~geschmückt~~

~~5~~ 6.

O betet: du ~~holdes~~, F du göttliches Kind F Liebes
2.) Was leidest du alles für unsere Sünd'!
Ach hier in der Krippe schon Armuth u. Noth,
Am Kreuze dort gar noch den bittern Tod.

6.

O beugt wie die Hirten anbethend die Knie
erhebet die Händlein und danket wie sie!
Stimmt freudig, ihr Kinder, wer sollt sich nicht freun,
Stimmt freudig zum Jubel der Engel mit ein!

7.

Was geben wir Kinder, was schenken wir Dir,
Du Bestes und Liebstes der Kinder dafür?
Nichts willst Du von Schätzen und Freuden der Welt –
Ein Herz nur voll Unschuld allein Dir gefällt.

8.

So nimm unsre Herzen zum Opfer denn hin;
Wir geben sie gerne mit fröhlichem Sinn –
Und mache sie heilig und selig wie Dein's,
Und mach sie auf ewig mit Deinem nur Eins.

Bei der Drucklegung des Gedichtes in *Blüthen, dem blühenden Alter gewidmet* (1. Aufl. 1818) hat der Autor Strophe 6 vor Strophe 5 gestellt.

Nro. 6.

1.) O beugt wie die Hirten anbetend die Knie ~~[illegible] gefaltet~~
~~Erhebet die Händlein~~ [illegible] danket wie sie!
Stimmt freudig, ihr Kinder, wer sollt sich nicht freun,
Stimmt freudig zum Jubel der Engel mit ein!

7.

Was geben wir Kinder, was schenken wir dir,
Du bestes u. liebstes der Kinder dafür?
Nichts willst du von Schätzen u. Freuden der Welt –
Ein Herz nur voll Unschuld allein dir gefällt.

8.

So nimm unsre Herzen zum Opfer denn hin;
Wir geben sie gerne mit fröhlichem Sinn –
Und mache sie heilig o selig wie Deins,
Und mach sie auf ewig mit Deinem nur Eins.

O ſeht in der Krippe im nächtlichen Stall,
ſeht hier bei des Lichtſcheins hellglänzendem Strahl,
in reinlichen Windeln das himmliſche Kind,
viel ſchöner und holder als Engelein ſind.

Da liegt es, das Kindlein, auf Heu und auf Stroh,
Maria und Joſeph betrachten es froh.
Die redlichen Hirten knien betend davor,
hoch oben ſchwebt jubelnd der Engelein Chor.

Melodie von Johann Abraham Peter Schulz

Nachwort

I

Dieser kleine Band versammelt Lieder, Gedichte und Erzählungen Christoph von Schmids, die das heilige Weihnachtsfest zum Thema haben. Der bekannteste Text ist zweifellos das Lied »Ihr Kinderlein kommet«, selbst heute noch manchem Kind bekannt und seit einigen Jahren wieder im Diözesanteil des Augsburger *Gotteslobes* zu finden. Vergessen hingegen sind die Schilderungen und Berichte aus den *Erinnerungen* und die Erzählung *Der Weihnachtsabend*. Das kleine Gedicht »Du holdes Kind hier in der Krippe« wird in dieser Sammlung zum erstenmal aus dem zerstreuten handschriftlichen Nachlaß des Autors veröffentlicht. Zu den Texten kommen noch Abbildungen, die einfühlsamen Illustrationen der Regensburger Ausgabe unserer Erzählung von 1864, sodann Proben aus französischen Ausgaben des vorigen Jahrhunderts; schließlich zwei Gemälde, die in der Erzählung erwähnt oder beschrieben werden, nämlich Corregios berühmtes Bild »La Notte – Die Heilige Nacht« aus der Gemäldegalerie in Dresden, das dem kunstsinnigen Christoph Schmid sehr teuer war, und ein Altargemälde von Konrad Huber »Die Anbetung der Hirten«, das er selbst als Pfarrer von Oberstadion im Jahre 1816 in Auftrag gegeben und bezahlt hat*, und

* Das Gemälde ist unten rechts signiert: Huber pinxit Weissenhornii 1817.

das er in der Erzählung beschreibt und erklärt, ja zum Gegenstand einer Art »Bildbetrachtung« macht – pädagogisch ein aufschlußreiches Experiment.
Das gemeinsame Thema der Texte und Bilder dieses Büchleins ist, wie gesagt, das Weihnachtsgeheimnis, angefangen vom biblischen Bericht und seiner Ausdeutung durch Erzählung, Lieder, Bilder, dem reichen Brauchtum in Form von Weihnachtskrippe, Christbaum und Bescherung, bis hin zu Stimmungen, wie sie in der weihnachtlichen Zeit besonders eindrücklich das menschliche Gemüt bewegen. Nichts aber ist bloßes Schwelgen in Gefühlen, sondern alles dient der Unterweisung, wie Schmid im Vorwort zum ersten Bändchen seiner *Originalausgabe von letzter Hand* (1841) darlegt. Er möchte, so schreibt er, »Kinder und jugendliche Gemüther . . . auf eine ergetzende Weise belehren und erbauen« (S. IX). Dabei beginnt er in der Gliederung seiner Werke mit einer ganz gezielten Anordnung, nämlich

> »mit der Erkenntniß Gottes, mit der Menschenfreundlichkeit Gottes, die in unserem göttlichen Erlöser uns sichtbar erschienen, und mit der Aussicht auf ein künftiges besseres Leben nach dem Tode, . . . also mit den drei Erzählungen: Heinrich von Eichenfels, Der Weihnachtsabend und Die Ostereier« (S. VIII).

Als weiteres Anliegen, so fährt Schmid fort, sei ihm unter anderem wichtig die Darstellung von Eltern, »die ihre Kinder gut, fromm und christlich erzogen, und Kinder, an denen ihre Eltern Freude erlebten« (S. VIII). Auch diese 'Tugenden' spielten in unserer Weihnachtsgeschichte eine wichtige Rolle.
Im gleichen Vorwort gibt Schmid auch über sein Arbeiten als Schriftsteller Rechenschaft (S. V):

> »Diese Erzählungen wurden nicht für ein unbekanntes Publikum und gleichsam auf den Kauf

> gemacht, sondern für Kinder verfaßt, in deren Mitte der Verfasser sich befand. Er wurde in seiner Stellung [als Seelsorger und Religionslehrer] mit deren Gedankenkreise und mit deren Sprache vertraut. Er schrieb ganz unbefangen, ohne daran zu denken, was gelehrte Kunstrichter dazu sagen würden; er war nur darauf bedacht, nicht die gewöhnliche breite Büchersprache, sondern die Sprache der Kinder zu reden.«

Wie weit in den Erzählungen Schmids tatsächlich die »Sprache der Kinder« gesprochen wird, kann hier dahingestellt bleiben; ernst zu nehmen aber ist sein Bemühen, die Geschichten für die Kinder und für die Praxis in Schule und Dorf-Alltag zu schreiben. Unübersehbar aber tritt daneben Schmids schriftstellerisches Können, sein geschulter Stil, der klare Aufbau der Erzählungen, das Spannende der Handlung, dem auch die Darstellung entgegenkommt.

II

Von den Texten dieses Büchleins bedarf die Erzählung *Der Weihnachtsabend* am ehesten eines Wortes der Rechtfertigung. Man könnte die Geschichte bei oberflächlicher Betrachtung als rührselig und sentimental, als unwirklich und konstruiert abtun. An Rührendem fehlt es in der Tat nicht, ja es gehört beinahe notwendig zu den Geschichten Christoph von Schmids. Johann Michael Sailer (1751–1832)*, die große Gestalt der bayerischen Kirchen- und Kulturgeschichte zu Beginn des 19. Jahrhunderts – er war Christoph Schmids Lehrer, Wohltäter und

* Sailers Briefe sind zitiert nach Hubert Schiel (Hg), Johann Michael Sailer: Briefe. Regensburg 1952, und Franziska Werfer (Hg), Joh. M. Sailer an Christoph v. Schmid. In: Christoph v. Schmid und seine Zeit. Weißenhorn 1968.

Freund –, spricht oft davon. So etwa in einem Brief an Anna Schlatter-Bernet (13. 3. 1815):

»Deinen Kindern hab' ich eine Freudenbotschaft zu melden: Christoph Schmid läßt eine kleine Schrift, die Ostereier, drucken; die ist für Kinder und Eltern so rührend wie Genoveva; ich habe sie gestern unter vielen Tränen gelesen.«

Sailer nennt Schmid einmal scherzhaft »allmächtiger Thränenpresser« (14. Mai 1825) und schreibt nach der Lektüre unserer Geschichte am 31. Dezember 1824:

»Das seligste Neujahr Dir und den Deinen und den herzlichsten Dank für Dcinen Weihnachtsabend und die 48 Ex[emplare]. Ach! Du hast uns in Regensburg so viele Tränen ausgepreßt, daß eine neue Überschwemmung zu fürchten war – und eine größere als die in St. Petersburg. Die Polizei mußte das Lesen des Büchleins verbieten, um das Wasser zu sistieren.«

Aber nach diesem Scherz schreibt Sailer weiter:

»Im Ernste, liebster Freund! Wenn Du so fortfährst, so muß die Kirche Dich zu ihrem fünften Evangelisten machen und das von Rechts wegen . . .«

Diesen beiden Briefstellen Sailers ist wenig hinzuzufügen, so genau charakterisieren sie Schmids Absicht, die er mit seinem späteren Werk (seit ca. 1810) verfolgt. Abgesehen von schriftstellerischen Ambitionen, die ihm keineswegs fremd waren, wollte er doch in erster Linie nicht »hohe Dichtung« schreiben, sondern Lehrmodelle geben für das rechte Verhalten. *Der Weihnachtsabend* ist ein Exempel zur Erläuterung der Frage, was dem Christen Weihnachten bedeutet und welche Konsequenzen sich daraus für sein Handeln ergeben. Was aber die »Tränen der Rührung« betrifft, so hat die neuere

Jugendbuchforschung wieder entdeckt, warum Schmid sie hervorzurufen versucht. Um die jugendlichen Leser anzusprechen und ihnen zu gefallen, hat Schmid, wie Alfred C. Baumgärtner* ausführt,

> »Bedürfnisse berücksichtigt, die von den Jugendschriftstellern der Aufklärung vernachlässigt worden waren – das Bedürfnis nach Rührung, nach Spannung, nach Mitleid und großen Gefühlen, das Bedürfnis auch nach dem Nicht-Alltäglichen und Abenteuerlichen ...«

Aber wir müssen noch die andere, oben angesprochene Eigentümlichkeit von Schmids Erzählungen erklären, daß nämlich der Ablauf seiner Geschichten, daß einzelne Schicksale und Ereignisse, die darin erzählt werden, nicht selten den Eindruck des Konstruierten machen, wenngleich er selbst beteuert, daß viele von ihnen dem Leben abgelauscht seien. Dieser Eindruck entsteht wohl deshalb, weil Schmid sich bemüht, in allen Ereignissen Gottes Vorsehung und Eingreifen deutlich zu machen. Joseph Bernhart sieht darin das Weiterwirken der Theodizee von Leibniz als spätes Erbe nach der Aufklärung, was mit einer Briefstelle Sailers übereinstimmt (Brief an Schmid vom 28. März 1827), die lautet:

> »Die Entwicklung Deiner [Lebens-]Geschichte wird keine andere sein als die, die Du in allen Deinen Gedichten so schön darstellest: Gottes Ehre, unverhoffte Verklärung seiner geheimnisvollen weisesten Führungen, Belohnung des Verdienstes und vollkommener Sieg der guten gerechten Sache; – Der Dich so dichten lehrte, der wird es Dich auch erleben lehren!«

* Alfred Clemens Baumgärtner, Christoph von Schmid. Grund und Hintergrund seines Werkes. In: Ansätze historischer Kinder- und Jugendforschung. Baltmannsweiler 1980, S. 79 f.

Im *Weihnachtsabend* finden wir diese Zuversicht wieder. Als die Gefahr für die berufliche Existenz der alten Förstersleute und für die Zukunft der ganzen Familie am bedrohlichsten ist (S. 83 ff.), gibt ihnen diese Überzeugung Halt: »Vertraut auf Gott«, sagt der alte Förster, »Er wird machen, daß die Sachen gehen, wie es heilsam ist« (S. 85). Und auch das Weihnachtsgeheimnis selbst vermag Trost zu spenden, weil es ernst genommen wird:

> »Es ist uns ja heute Nacht ein Erlöser geboren; über dieser großen Freude müssen wir unsere kleinen Erdensorgen vergessen; wenigstens sie uns nicht zu sehr zu Herzen nehmen« (S. 89 u. 91).

Diese Stellen zeigen auch, daß Weihnachten nicht zur Idylle, zum trauten Familienfest reduziert wird, es wird vielmehr als Glaubensgeheimnis verstanden, das verpflichtet und tröstet zugleich. Bei genauerem Hinsehen hat die Geschichte mehr Kraft, mehr innere Wahrheit, als der rasche Leser zunächst wahrnehmen kann.

Natürlich ist vieles, so auch der Wortschatz, der Entstehungszeit verpflichtet. »Niedlich, hold, liebreich«, das sind Wörter, die für den heutigen Geschmack allzu oft wiederkehren. Aber es gibt keine Verniedlichung des Festgeheimnisses, keine Verfälschung oder Verflachung des religiösen Gehaltes, so daß diese Geschichte auch heute noch einem unvoreingenommenen Leser den tieferen Sinn von Weihnachten zu erschließen vermag. Auffällig, aber bei einem Schüler des irenischen Sailer nicht überraschend, ist die Tatsache, daß bei den überwiegend religiösen Themen in den Geschichten Schmids das Konfessionelle ganz zurücktritt.* Dieser ökumeni-

* Alfred Clemens Baumgärtner, Perspektiven der Jugendlektüre. 2. Aufl. Weinheim und Basel 1973, S. 124.

sche Geist des Autors erklärt, warum seine Werke auch in nicht-katholischen Ländern so viele Leser gefunden haben.
Um sein Ziel, nämlich erzieherisch wirken zu können, zu erreichen, baut der Autor wiederholt katechetische Abschnitte in die Geschichten ein, die in dieser Ausführlichkeit kaum gerechtfertigt erscheinen und eher störend wirken. Alles wird ausgedeutet, alles ausgesprochen, was etwa in einer Schulstunde zur Sprache gekommen wäre. Selten nur bleibt dem Leser überlassen, den tieferen Sinn selbst zu finden. Schmid war sich wohl im klaren darüber, wie sehr solche Einschübe den literarischen Charakter der Erzählung beeinträchtigen müssen; er nahm das bewußt in Kauf. Dahinter steht auch seine und seiner Zeit Überzeugung von der Nützlichkeit, ja von der Macht der Erziehung, dahinter steht nicht zuletzt sein Vertrauen in die Bildungsfähigkeit der Kinder und seine Sorge um ihr Heil.
Wenn hier mehr vom pädagogischen Charakter der Erzählung Schmids die Rede war, so heißt das nicht, daß ihr das Künstlerische fehle. Davon war wiederholt die Rede. Um besser urteilen zu können, muß jedoch auch das Kunstverständnis von Schmids Zeit berücksichtigt werden, so wie es zum Beispiel Adalbert Stifter, auch im Hinblick auf Schmids Erzählungen, formuliert. In seinem Aufsatz *Die Kunstschule** schreibt er:

> »Kunst heißt, was durch außerordentliche Schönheit das Herz des Menschen ergreift, es emporhebt, veredelt, mildert, zu allem Guten ja zur Andacht und Gottesverehrung stimmt.«

* Erschienen in *Der Wiener Bote*, 6. Sept. 1849; hier zitiert nach Adalbert Stifter, Kulturpolitische Aufsätze. Hg. und mit einem Nachwort versehen von Willi Reich. Einsiedeln/Zürich 1948, S. 142 f.

Er fährt dann in einem späteren Abschnitt fort:

»Wer hat nicht etwa auch schon ein Buch gelesen, in welchem der Dichter in einfachen Worten eine Geschichte erzählt, die ihm seine Einbildungskraft und sein Herz eingegeben haben, und die den Leser bis zu Tränen rührte, die ihn besser machte, und die, wenn der Eindruck öfter und dauernder gewesen wäre, den wohltätigsten Einfluß auf sein Leben gehabt hätte?

Leider haben die Schriftsteller nicht sehr zum Volke gesprochen, sie schreiben eine Modesprache, die man nicht versteht, die nur von einem Schriftsteller zum anderen klingt und nicht in das Volk dringt, und doch ist die Größe des Volkes das, zu dem man sein Wort, sein Bild, seine Belehrung kommen lassen soll, wie es im alten Griechenlande war. Sehr viel Verdienst hat hierin ein verehrter Mann, Christoph Schmidt [sic!], der Geschichten für die Kinder und das Volk geschrieben hat, sehr schöne Geschichten, zu denen sich, obwohl ein Urteiler einmal sagte, sie seien nicht nach der Natur der Kinder, doch gerade die Kinder mit Inbrunst drängen, und die nicht nur sie, sondern auch Erwachsene mit heißen Tränen und mit heiligen Gefühlen lesen.«

Stifter, selbst dem süddeutsch-österreichischen Raum angehörig, versteht Schmids Anliegen, denn es fügt sich ein in die Art und Mentalität der bayerisch-oberdeutschen Literatur seit der Barockzeit, ja Schmid knüpft mit seinem Versuch der Vergeistlichung* der Kultur an diese Tradition wieder an.

Der Weihnachtsabend steht wegen seines Umfan-

* Friedrich Sengle, Biedermeierzeit. Deutsche Literatur, im Spannungsfeld zwischen Restauration und Revolution 1815 bis 1848. Bd 2. Stuttgart 1972, S. 157 u. 1019 (Hinweis auf Gotthelf).

ges und seiner Wichtigkeit am Anfang dieses Bändchens. Grundlage von Schmids Gedanken zum Weihnachtsfest ist der biblische Bericht von der Geburt Jesu. Dieser Bericht wird hier wiedergegeben nach Schmids schlichter und kindergerechter Nacherzählung aus seiner *Biblische[n] Geschichte für Kinder*, die er auf Drängen seines Lehrers Sailer von 1801 bis 1807 in sechs Bändchen veröffentlichte. Sailer rät ihm dazu: »Kindlich-klar, kindlich-herzlich und edel wie Dein Herz sei Dein Ton« (9. Februar 1800), und im Jahre 1801, nach dem Erscheinen des ersten Bändchens, schreibt er ihm: »Deine biblischen Erzählungen sind meisterhaft; überall finden sie den ungeteiltesten Beifall, wo Bibelglaube und Geschmack herrscht.« Der Erfolg dieser *Biblischen Geschichte* ist unglaublich: innerhalb einiger Jahrzehnte erlebten die einzelnen Teile über 200 Nachdrucke.
Schmid ist vor allem als Erzähler bekannt. Aber es gibt von ihm außer einigen Theaterspielen noch eine Reihe von bekannten Liedern, wie »Beim letzten Abendmahle«, »O Mutter mit dem Himmelskinde«, oder auch weltliche, zum Beispiel »Wie lieblich schallt durch Busch und Wald des Waldhorns [Schmids Lieblingsinstrument!] süßer Klang«. Im Vorwort zur *Originalausgabe letzter Hand* seiner Schriften schreibt Schmid, daß er mit Liedern den Schulunterricht zu beleben versucht habe, mit eigenen Liedern, weil die vorhandenen sich nicht immer dem Zwecke der Schule fügten. Schmid sah darin auch eine Vorübung für den gemeinschaftlichen Kirchengesang, »der denn auch, freilich erst nach mehreren Jahren, zu großer Erbauung des Volkes allgemein zu Stande kam« (S. X). Die Lieder und Gedichte sind keine bedeutenden lyrischen Leistungen; auch sie dienen eher der Unterweisung, den praktischen

Anforderungen in Schule und Gottesdienst, wenngleich ihnen ein volksliedhafter Ton nicht abzusprechen ist, und man den Einfluß von Claudius, der Schmid seit langem Vorbild war, nicht überhören kann. Wie gut aber jedenfalls hier Christoph Schmid einen kindergerechten Ton* zu treffen verstand, zeigt sein berühmtes Lied »Ihr Kinderlein kommet«, dem in diesem Büchlein ein Ehrenplatz zusteht. Es ist kindergerecht und doch nicht ohne Ernst; es versucht, weihnachtliche Stimmung einzufangen und bleibt doch nicht beim bloß Gemüthaften stehen; es weckt die Welt der Krippe und reflektiert zugleich die heilsgeschichtliche Bedeutung des Geschehens. Wir wissen nicht genau, wann und wo es entstanden ist. In Nassenbeuren gibt es eine Überlieferung, nach der Schmid das Lied während seiner dortigen Tätigkeit in der Kapelle Maria Schnee verfaßt habe. Wenn dem so wäre, müßte man fast eine Erwähnung dieses Faktums in den gleichzeitigen Briefen oder Tagebuchblättern erwarten.
Schmids schriftstellerische Versuche dieser Art beginnen jedoch erst in Thannhausen, wo ihn die praktische Tätigkeit vor allem in der Schule zum Schreiben von Geschichten und Liedern anregte. Der Text erscheint gedruckt erst im Jahre 1811 und zwar in der zweiten Auflage von *Christliche Gesänge zur öffentlichen Gottesverehrung in Augsburg*, die Schmid selbst gesammelt, aber anonym herausgegeben hat. Jahre später, 1818, nimmt er das Gedicht auf in seine Sammlung *Blüthen dem blühenden Alter gewidmet* (Vorwort 1818, erschienen 1819), aus der dann Franz Xaver Luft eine Reihe von Gedichten vertont hat (Regensburg 1837), darunter

* Friedrich Sengle (Biedermeierzeit II, S. 934 f.) spricht vom ›Volkston‹ der Zeit als bewußte rhetorische Form.

auch »Ihr Kinderlein kommet« (siehe vorderes Vorsatz).
Durchgesetzt hat sich schließlich für dieses volkstümliche Weihnachtslied eine Melodie des tüchtigen Komponisten Johann Abraham Peter Schulz (1747–1800); ihr wurden Schmids Verse um 1832 von Friedrich Heinrich Eickhoff (1807–1886) in der Sammlung *Sechzig deutsche Lieder für dreißig Pfennige* (S. 26) unterlegt.* – Das kleine Gedicht »Du holdes Kind hier in der Krippe« wird in diesem Buch, wie bereits erwähnt, zum erstenmal veröffentlicht und als Faksimile vorgestellt. Über die Entstehungszeit dieser zwei einfachen Strophen ist ebenfalls nichts bekannt. Sie passen in ihrer Art und Aussage zu dem vierstrophigen Lied in *Der Weihnachtsabend* »Vor Dir, Du holdes Himmelskind«, in dem das ganze Programm der Erzählung zusammengefaßt ist, damit es sich die Kinder leichter merken können.

III

Christoph von Schmid, von dessen Weihnachtsgedanken hier die Rede ist, stammt aus Dinkelsbühl, wo er am 15. August 1768 als Sohn eines Beamten geboren wurde. Er studierte in Dillingen und lernte dort Johann Michael Sailer kennen, dem er Zeit seines Lebens verbunden blieb. Die Freundschaft mit dem verehrten Lehrer bezeichnet er als das Glück seines Lebens. Schmid wird Priester, wirkt als Kaplan in Nassenbeuren bei Mindelheim und in Seeg, als Benefiziat in Thannhausen an der Mindel und als Pfarrer in Oberstadion bei Ehingen im Ober-

* B. E. Underwood, in: Jahrbuch für Volksliedforschung 22 (1977), S. 41.

schwäbischen, bis er schließlich 1827 auf Betreiben von Sailer in Augsburg Domkapitular wird. Dort lebt er noch ein Vierteljahrhundert als der inzwischen weltberühmte Jugendschriftsteller, bekannt als der »Verfasser der Ostereier«, der *Genovefa*, der *Rosa von Tannenburg* und vieler anderer Jugenderzählungen, ein halbes Hundert im Ganzen, die in 24 Sprachen über die ganze Welt verbreitet und über ein Jahrhundert lang gerne gelesen wurden. Sailer spricht vom »Stophele, das die Welt entzückt«. Die Welt, das waren nicht nur unzählige Kinder und deren Eltern – von ›Familienromanen‹ spricht deshalb Friedrich Sengle* –, das waren auch Geistesgrößen seiner Zeit. Clemens Brentano macht seine Reverenz vor Christoph Schmid, Friedrich Rückert** nennt ihn genial, Adalbert Stifter, von dem eine Stelle oben zitiert ist, schätzt ihn hoch; der Münchner Philosoph Schelling nimmt eigens den damals weiten Weg nach Augsburg auf sich, um eine halbe Nacht mit dem »Verfasser der Ostereier« Gedanken auszutauschen; Kirchenfürsten spenden ihm Lob und danken ihm für seine Arbeit, Melchior von Diepenbrock steht ihm freundschaftlich nahe, König Ludwig I. von Bayern schreibt ihm begeisterte Briefe, und sein Sohn Max II. erhebt den Jugendschriftsteller in den Adelsstand. Was immer die Gründe seines Erfolges waren, nicht zuletzt sind sie in Schmids Persönlichkeit zu suchen. Daß sein Werk »ein paar Generationen beseligen konnte, dankt es seinem Ursprung aus dem fleckenlosen Adel eines From-

* Friedrich Sengle, Biedermeierzeit II, S. 872.

** In diesem Zusammenhang sei auch sein Begleitbrief zu Schmids *Die Ostereier* an seine Schwester Marie vom 7. April 1816 erwähnt.

*** Joseph Bernhart, Christoph von Schmid, ein Lebensbild. In: Christoph von Schmid und seine Zeit. Weißenhorn 1968, S. 9–31 und in Lebensbilder aus dem Bayerischen Schwaben Bd 5. München 1956.

men, der Goethes Forderungen an die Schreibenden erfüllt hat, ein ›liebender Autor‹ zu sein.«
So charakterisiert Joseph Bernhart die Persönlichkeit Schmids.*** Über die Wirkung der Erzählungen gibt es eine sehr bezeichnende Anekdote aus dem Leben von Papst Paul VI. (1897–1978) etwa aus dem zweiten Jahrzehnt dieses Jahrhunderts. Der Bruder des Papstes, Dr. Francesco Montini, erzählt sie im Jahre 1967: »Ich erinnere mich, daß er [Paul VI.] ausgezeichnet Geschichten zu erzählen wußte. In

Bildnis Christoph von Schmids (aus: Erinnerungen, Erstes Bändchen, 1853)

Concesio gibt es noch Schuhmacher, die sich daran erinnern, wie er in ihre Familienwerkstatt kam und ihnen während der Arbeit die Geschichten vom Domherrn Christoph Schmidt [sic!] erzählte ... Da hörten wir, sagten sie, mit der Arbeit auf und mußten weinen.«*

Schmids »Histörchen«, wie Brentano sie im Märchen *Gockel, Hinkel, Gackeleia* nennt, machen nur einen Teil seines Werkes aus. Es gibt noch die literarisch interessanten und ambitionierten Briefe des Studenten und jungen Priesters, die seine innere Entwicklung, aber auch seine wache Beschäftigung mit der Literatur der Zeit und seine Auseinandersetzung mit den politischen und geistigen Strömungen des späten achtzehnten Jahrhunderts spiegeln, und schließlich eine kleine Sailer-Biographie, das Kernstück seiner *Erinnerungen aus meinem Leben* (1853/54), die er noch als Greis verfaßt hat. Diese Biographie ist ein Juwel der Gattung, schätzenswert wegen ihrer sprachlichen Feinheiten und als Quelle für das Leben in Schmids Vaterstadt Dinkelsbühl und an der Universität Dillingen im ausgehenden 18. Jahrhundert mit Sailer als Mittelpunkt. Aus beiden Bereichen, aus den *Tagebüchern* und *Briefen* und aus den *Erinnerungen,* enthält dieses Bändchen wenigstens kleine Proben. Am 3. September 1854 ist Schmid als Opfer der damals wütenden Cholera-Epidemie gestorben.

IV

Neuausgaben von Texten Christoph Schmids sind selten geworden, aber sie sind durchaus gerechtfertigt. Für die einen bedeuten sie Lesefreuden und

* Jean Guitton, Dialog mit Paul VI. Wien 1967, S. 64.

einen Anstoß zur Besinnung, für andere sind sie ein köstliches Dokument aus dem geistlichen Biedermeier des frühen 19. Jahrhunderts, für viele ältere Leser sind sie eine liebe Erinnerung an die Begegnung mit Schmids Geschichten in der eigenen Kindheit. Allen aber können sie ein Zeugnis sein für eine Persönlichkeit, der viele Generationen Dankbarkeit und Verehrung entgegenbrachten. Christoph von Schmid hat durch seine Bücher für unzählige Kinder in vielen Ländern als Erzieher gewirkt und all sein Wissen und Können, ja sein ganzes Sein in den Dienst dieser Aufgabe gestellt. »Ganz Liebe gegen andere«, das war seine Devise. Gibt es ein besseres pädagogisches Konzept, ein edleres Motiv für schriftstellerische Arbeit, die der Jugend gewidmet ist? In diesem Sinne bleibt Christoph von Schmid Vorbild auch für unsere Zeit, bleibt seine Botschaft immer noch gültig.

Hans Pörnbacher
am 15. August 1987

WORTERKLÄRUNGEN

S. 19 *wie Lilien und Rosen* eine alte Wortverbindung, die sich seit dem 12. Jh. in der Literatur nachweisen läßt und bis ins 19. Jh. gebräuchlich war; vgl. auch die Märchensprache

S. 24 *Walstatt* Schlachtfeld (von germ. *wala – tot; vgl. Walhall und Walküre)

S. 32 *»Die Heilige Nacht«* vgl. Farbtafel neben S. 32; Schmid hatte Freude und großes Interesse an der bildenden Kunst

S. 44 *ein paar Schnepfen* Die Erwähnung der Schnepfen ist eine Huldigung an Sailer, der diese Vögel als »Wappentiere« (vgl. sein Grabmal in Regensburg) wählte, weil sein Vater dem Schullehrer Joh. Traunsteiner in München zwei Schnepfen überreichte, damit er seinem Hansmichel wohlgesonnen sei. Die Schnepfen sollten das Glück seines Sohnes machen.

S. 48 *ausstellen* aufschieben

S. 49 *wenn er anders Lust hat* wenn er Lust hat

S. 51 *ein ziemliches Vermögen* ein angemessenes, seinen Verhältnissen entsprechendes

S. 53 *Felleisen* aus lat. valisia – Handkoffer, Mantelsack

S. 62 *gemütliche Vorstellung* das Gemüt ansprechende, »liebe« Vorstellung

S. 68 *verfault* d. h. der kein ewiges Leben hat

S. 71 *Nacht und Licht* in Anlehnung an die Lichttheologie im Prolog des Johannesevangeliums

S. 80 *Rat* hier als Amtstitel, vgl. Regierungsrat

S. 110 *Weihnachtsbaum* Der Weihnachts- oder Christbaum taucht erstmals im Elsaß (Straßburg) um die Mitte des 17. Jhs. auf, setzt sich aber erst viel später im ganzen deutschsprachigen Kulturraum durch

S. 113 *Weihnachtsfreude* Der schöne Brauch, an Weihnachten Geschenke zu machen (zu dem Zweck, den Schmid hier nennt und beschreibt), ist alt. Ein frühes Beispiel aus dem Lebensraum Schmids findet sich bei dem Humanisten Nikolaus Ellenbog von Ottobeuren aus dem Jahre 1515: Ellenbog hat die Herkunft des Brauches untersucht. Vgl. auch S. 129.

S. 116 *überhoben* enthoben

S. 133 *Nassenbeuren* ist nur eine Gehstunde von Mindelheim entfernt; Schmid war dort von 1791–1795 als »Pfarrgehilfe«.

Zur Textgestalt

Alle Zitate aus den *Erinnerungen,* dem *Tagebuch* Schmids und der *Biblischen Geschichte* sind wortgetreu aus den Originalausgaben bzw. aus den Handschriften übernommen; ebenso die Gedichte »Ihr Kinderlein kommet« und »Du holdes Kind hier in der Krippe«. Der Text der Erzählung *Der Weihnachtsabend* folgt der »Original-Ausgabe von letzter Hand, Augsburg: J. Wolffische Buchhandlung 1841«, wurde aber in Orthographie und Zeichensetzung, der leichteren Lesbarkeit wegen, den modernen Regeln angeglichen. – Der Autor hat gerade diese Ausgabe letzter Hand als sein Vermächtnis angesehen und sie besonders sorgfältig betreut. Wie wichtig ihm die verbesserte Textgestalt war, geht auch aus seinem Brief an den Verleger Georg Joseph Manz vom 17. Oktober 1833 hervor, in dem er über die neu aufzulegenden *Ostereier* schreibt, daß er sie sehr genau durchgesehen habe. »In Hinsicht der Orthographie glaubte ich mich dem nunmehr auch in Süddeutschland angenommenen Sprachgebrauche anbequemen zu müssen.«

Für die Erlaubnis, das Autograph von »Ihr Kinderlein kommet« hier abdrucken zu dürfen, danken wir der Stadtbibliothek Augsburg und ihrem Leiter Herrn Dr. Helmut Gier.

Quellen

Biblische Geschichte für Kinder, zum planmäßigen Unterricht in sämmtlichen deutschen Schulen Baierns. Zweyter Theil. Die Geschichte des neuen Testaments. Erstes Bändchen. »Neueste Auflage München 1814« [Erstausgabe 1807].

Erinnerungen und Briefe. (Hg v. Hans Pörnbacher). München (1968). Darin: Jugendbriefe und Tagebuchblätter S. 157–242.

Der Weihnachtsabend. Eine Erzählung zum Weihnachtsgeschenke für Kinder. Von dem Verfasser der Ostereyer. Landshut: Krüll 1825; hier nach der Textfassung von *Gesammelte Schriften des Verfassers der Ostereier, Christoph von Schmid. Originalausgabe von letzter Hand. Erstes Bändchen.* Augsburg: J. Wolffische Buchhandlung 1841, S. 65–166; die Abbildungen stammen aus *Neue illustrirte Originalauflage. Mit Stahlstichen und feinen Holzschnittbildern.* Regensburg: Manz 1864.

Erinnerungen aus meinem Leben. Erstes Bändchen: Jugendjahre. Augsburg 1853.
Drittes Bändchen: Berufsleben. Hg. von Albert Werfer. Augsburg 1855.

Ihr Kinderlein kommet. Autograph des Autors in der Staats- und Stadtbibliothek Augsburg. – Von Christoph Schmid aufgenommen in seine Sammlung *Blühten dem blühenden Alter gewidmet.* 1. Aufl. Landshut 1819; in der Originalausgabe von letzter Hand. Bd 17. Augsburg 1844, S. 15–17.

Du holdes Kind hier in der Krippe. Bisher unveröffentlichtes Autograph des Autors in Privatbesitz.

Zu den Abbildungen

Die Stahlstiche und Holzschnitte als Illustrationen zur Erzählung *Der Weihnachtsabend,* auch die Abbildungen oben S. 47 und S. 91, sind der Ausgabe Regensburg: Manz 1864 entnommen.
Die Bilder auf S. 120f und S. 122 sind den französischen Ausgaben der Erzählungen Christoph von Schmids entnommen, aus: *La Veille de Noël* von 1839 und aus *Oeuvres Choisies du Chanoine Christophe Schmid.* Deuxième Série. Tours 1862.
Der Holzschnitt von August von Kreling *Weihnachts-Abend* ist der Ausgabe entnommen: Georg Scherer, *Alte und neue Kinderlieder.* Leipzig 1849, S. 85; als Faksimile-Ausgabe von Hubert Göbels erschienen in Dortmund bei Harenberg 1982.
Das Porträt Christoph von Schmids im Nachwort S. 153 wurde nach einer Zeichnung von Friedrich Butziger von Carl Mayer, Nürnberg, 1853 in Stahl gestochen *(Erinnerungen,* Erstes Bändchen, Augsburg 1853)
Das Geburtshaus Schmids in Dinkelsbühl, in dem er das Weihnachtsfest seiner Kindheit erlebt hat, oben S. 134, ist ein Stahlstich von Carl Mayer, Nürnberg, als Frontispiz beigegeben den *Erinnerungen aus meinem Leben,* Drittes Bändchen, Augsburg 1855.
Das Notenbild S. 140 ist dem Büchlein *Wunder der Weihnacht,* hg. von Theo Kemper, Heidelberg [4]1952, S. 79, entnommen.
Vorderes Vorsatzblatt: »Die Kinder bei der Krippe« (Ihr Kinderlein kommet), aus: Blüthen dem blühenden Alter gewidmet von dem Verfasser der Ostereier. Gesangsweise mit Clavierbegleitung von Franz Xaver Luft. Regensburg 1837.
Hinteres Vorsatzblatt: »Ihr Kinderlein kommet« mit der Melodie von Matthias Waldhoer, aus: *Neues Volks-Lieder-Buch.* Kempten um 1830.

Verzeichnis der Gedichte und Lieder

7. DIE KINDER

2. *O seht in der Krippe,*
Im nächtlichen Stall,
Seht hier bei des Lichtleins
Hellglänzendem Strahl,
In reinlichen Windeln
Das himmlische Kind,
Viel schöner und holder
Als Engel es sind.

3. *Da liegt es — ach, Kinder!*
Auf Heu und auf Stroh;
Maria und Joseph
Betrachten es froh;
Die redlichen Hirten
Knie'n betend davor,
Hoch oben schwebt jubelnd
Der Engelein Chor.

6. *O betet: Du liebes,*
Du göttliches Kind
Was leidest du Alles
Für unsere Sünd'!
Ach, hier in der Krippe
Schon Armuth und Noth,
Am Kreuze dort gar noch,
Den bitteren Tod.

7. *Was geb*
Was sch
Du Best
Der Kin
Nichts u
Und Fre
Ein Her
Allein I